www.tredition.de

AF214725

Verena Aeschbacher

Silberhochzeit MIT der Provence

Nicht alles neu, aber vieles anders

www.tredition.de

© 2020 Verena Aeschbacher

Verlag und Druck:
tredition GmbH, Halenreie 40-44, 22359 Hamburg

ISBN
Paperback: 978-3-347-02721-3
Hardcover: 978-3-347-02722-0
e-Book: 978-3-347-02723-7

Silberhochzeit *MIT* der Provence

Die Provence inspirierte zu vielen Liedern und Geschichten. Fälschlicherweise wird oft alles, was im Südosten von Frankreich liegt, mit „Provence" bezeichnet. Ich kann mir gut vorstellen, dass alle Leute, die sich falsch ausdrücken, nur eines äussern wollen - ihre Liebe zu einer ganz besonderen Region. Wenn man von der Provence spricht, hat man herrlich blaue Lavendelfelder und pittoreske Dörfer vor Augen, denn diese zieren ja auch unzählige Postkarten. Berge und überfüllte Mittelmeerstrände vergisst man dabei ganz einfach. Auch den oft nervigen Mistral lässt man aussen vor oder die zum Teil sehr heftigen Gewitter, die oft eine ganze Ecke des Südens ins Elend stürzen mit allzu viel Regen innerhalb ganz kurzer Zeit. Der herrlich blaue Himmel, die silbrig glänzenden Olivenbäume und die fantastische „Garrigue" (Heidelandschaft) mit vielen, vielen Sträuchern und Blumen gehören ebenfalls ins provenzalische Bild. Wir gehören seit 25 Jahren auch dazu. Vor vielen Jahren von der Schweiz nach Südfrankreich ausgewandert, dürfen wir heute auf unzählige Erlebnisse und Begegnungen zurückblicken. Es war nicht immer einfach, denn der tägliche Existenzkampf hat uns einiges abverlangt und bereitete uns viele Sorgen. Irgendwie bekamen wir aber die Kurve immer gerade so hin. Seit wir nun Rentner sind, haben wir es etwas leichter, obwohl wir heute ebenfalls keine grossen Sprünge machen können. Wir haben allerdings auch keine grosse Lust, lange Reisen durch die Welt zu unternehmen. Schliesslich gibt es hier, in einem Radius von 25 Kilometern, viele altehrwürdige Bauten zu besichtigen, wenn man es denn möchte. Denn gemäss vielen Tourenanbietern ist die Region zwischen Uzès, Nîmes und Avignon einfach nur unfassbar schön. Diesen Äusserungen stimmen wir aus vollem Herzen zu. Natürlich gibt es überall auch eine Kehrseite der

Medaille, die uns kaum begeistern kann. Wir sind eben Schweizer und an ein ordentlicheres System gewöhnt. Wenn wir eine Zeit ausmachen, dann halten wir uns daran. Wenn wir sagen, wir kommen oder wir sind einverstanden mit den getroffenen Abmachungen, dann meinen wir dies auch so. Auch haben wir gerne geordnete Verhältnisse und lieben die Sauberkeit drinnen und draussen. Hier trifft kaum etwas von diesen Schweizerischen Begriffen zu, denn man schert sich deutlich weniger um Äusserlichkeiten oder gegebene Versprechungen. Einesteils mag ich diese Unkompliziertheit - und doch liegt sie mir manchmal eben auch quer im Magen. Ich staune immer wieder, dass man dann als Gegensatz ziemlich viel Gewicht auf Dinge legt, die so gar nicht zum chaotischen Verhalten passen. Schreibt man einen Brief an ein Amt oder sonst an eine wichtige Person, sollte man sich förmlich blumengeschmückt ausdrücken und sich fast mit poetischen Schnörkeln äussern. Unsere oft etwas spröde Schweizerart kann mit diesem Brimborium wenig anfangen, denn man kommt in kurzen Zügen zum Punkt, basta. Wenn ich solche Briefe verfassen muss, entschuldige ich mich immer bereits eingangs für meine bestimmt nicht korrekten Äusserungen und füge erklärend an, dass meine Muttersprache eben Deutsch ist. Bis jetzt kam ich so eigentlich ganz gut über die Runden und stiess nicht gerade jeden vor den Kopf, der mir etwas bewilligen sollte. Ebenfalls staunte ich über die Findigkeit eines Ladens oder eines Restaurants. Zum Beispiel gibt es eine Konditorei, die herrliche Torten und wunderbare Patisserie im Angebot hat. Allerdings ist der Firmenname ein völliger Zungenbrecher: „O saveur de mon enfance" oder „Oh Geschmack meiner Kindheit". Wenn wir einem Landsmann dieses Lokal erklären müssen, tun wir dies immer mit einigen zusätzlichen Angaben, denn einige Freunde sind nicht so sattelfest in der französischen Sprache. Ganz in unserer Nähe gibt es ein Hotel mit Restaurant, welches sich „O lune de la coline" nennt. „Der Mond, der über dem Hügel steht." Wie gewöhnlich ist doch ein Hotel ,Sonne', ,Sternen', ,Steinbock' und andere mehr. Solche Namen kann sich jedes Kind merken und ich denke, dass, wenn man schon ein Geschäft betreibt, man doch einiges dafür tun sollte, dass man in jedes Kundenhirn passt.

Auch die Begrüssungsrituale sind kaum zu erklären, geschweige denn zu verstehen. Wenn man jemandem mehrmals begegnet ist, heisst es plötzlich bei der nächsten Begegnung: „On se fait la bise, n'est-ce-pas"? Will heissen, dass man sich drei Wangenküsse gibt. Gut, damit könnte ich ja leben, aber wenn ich dieser Person einige Zeit nicht mehr begegnet bin, dann fallen die „bises" beim nächsten Mal bereits wieder weg, und das verunsichert einen nur. Auch meinen viele Ausländer, dass, wenn sich jemand mit seinem Vornamen vorstellt, man ihn dann automatisch duzen kann. Dem ist aber nicht so. Man sagt sich vielleicht den Vornamen, aber man bleibt beim Sie und zwar für immer. Richtig duzen tut man hier kaum jemanden. Auch bedeutet das „Chaotisch-Sein" nicht auch Offenheit und Leichtigkeit, denn die hier geborenen Menschen leben nur „en famille", wie sie an verschiedenen Orten äusserten. In der Schweiz hat man meistens regelmässig Besuch, das heisst, man lädt Verwandte, Freunde und Kollegen zu einem Essen bei sich zuhause ein und wird von denen auch wieder eingeladen. Hier in unserem Quartier haben die Menschen sehr selten Besuch, das heisst, nur an grossen Feiertagen wie Weihnachten, Ostern und Geburtstagen. Dann sieht man Leute mit Blumen und Geschenkpaketen sich einem Haus zuwenden. Somit ist es ziemlich ruhig im Quartier. Ich höre oft, dass es ja auch eine Kostenfrage sei, wenn man Gäste habe. Ich argumentierte schon, dass man sich ja auch nur bei einer nahrhaften Suppe treffen könnte und das koste nun wirklich nicht die Welt. Aber wenn es um Geld und Ausgaben geht, sind die Südfranzosen eben ein spezielles Völkchen. Oft sieht man nach den Supermarktkassen Menschen mit einem ellenlangen Kassenzettel stehen, und die kontrollieren tatsächlich Posten für Posten auf ihrem Bon. Oder.. In den Werbeschriften, die wöchentlich durch die Ketten verteilt werden, werden sämtliche Gutscheine herausgeschnitten und beim Bezahlen an der Kasse einzeln abgegeben. Das dauert dann eben manchmal etwas länger, bis man an die Reihe kommt. Man spricht aber offen über Löhne, Rechnungsbeträge, Einnahmen, Verpflichtungen und ähnliches. Egal, wo und wann und für was der jeweilige Preis stand, es wird sofort erwähnt, wo man etwas noch günstiger bekommt. Wenn man einen solchen Tipp abgibt, ist das Gegenüber richtig glücklich. Das sind so feine Unterschiede zwischen zwei Nationen. Wenn man sich auf einem öffentlichen Amt melden muss, dann kann das eine kleine Ewigkeit dauern, und meistens muss man diese Besuche noch wiederholen. Es spielt keine Rolle, ob man denn EU-Bürger ist oder nicht, denn hier zählt nur eines: Nämlich die „Grande Nation".

Nach unserem Eintritt ins offizielle Rentenalter, wo wir nun auch unser Schweizer Altersgeld erhielten, erklärte ich Ruedi, dass wir das Bäume schneiden und Gras mähen bei Zweithausbesitzern doch fortan lassen könnten. Er liess sich tatsächlich überreden. Natürlich hätten wir den jeweiligen Lohn noch gut gebrauchen können, aber ich war einfach zu müde und wollte mich nicht mehr so quälen. Unsere Freunde hatten viel Verständnis. Wir hatten zuvor einen jüngeren französischen Freund angelernt und konnten ihn nun guten Gewissens weiterempfehlen. Er bedingte sich aus, dass ich weiterhin die jeweilige Organisation machen müsse und natürlich auch die Rechnungen für seine Arbeiten schreiben. Ich erklärte mich damit einverstanden, denn das war ja keine schwere Arbeit mehr. Ich denke, wir funktionieren ganz gut zusammen, denn beiderseitig respektieren wir einander und vertrauen uns auch. Nun verblieb uns nur noch die Betreuung eines grossen Hauses von Freunden in Comps. Dieses Objekt wollen wir so lange wie möglich weiterhin hüten, denn wir dürfen uns auch fremde Hilfen holen, wenn wir nicht mehr so arbeiten mögen und können.

Den sonntäglichen Flohmarkt behielt ich natürlich noch bei, denn dieser brachte nicht zwingend grosse Einnahmen, aber ich konnte mein Französisch praktizieren. Claudine, meine französische Freundin und ich trafen uns jeweils am Samstagabend so gegen 21.00 Uhr. Wir genossen diese Zeit sehr, denn wir sind beide aus derselben Generation und haben ähnliche Vorstellungen vom Leben. Wir konnten uns immer das Erlebte der vergangenen Woche erzählen, und wenn eine von uns Ärgerliches mitmachte, wurde man eben von der Freundin getröstet und aufgebaut. Wir stellten jeweils unsere Fahrzeuge auf dem einzigen Stück Teerplatz ab, das beim grossen Marktplatz existierte, denn so waren wir sicher, dass unsere Ware mit dem fast ewigen Wind nicht tüchtig eingestaubt wurde. Diese beiden Plätze waren von allen Ausstellern sehr begehrt, sodass wir uns halt schon am Samstagabend dort hinstellten, um die Gewähr zu haben, dass wir sie auch belegen konnten. Ich denke, dass ich jeden nur erdenklichen Trick anwandte, um die Organisatoren dazu zu bewegen, uns diese Plätze zu reservieren. Ich hätte den Platz ein Jahr im Voraus bezahlt, die Organisatoren wären auf der Gewinnerseite gewesen, denn bei Regenwetter kommt niemand ausstellen, weil die Kundschaft auch nicht so wetterfest ist. So oft ich versuchte diese Angelegenheit zu einem positiven Schluss zu bringen, so oft hat man mir widersprochen, denn in Südfrankreich geht das Denken oftmals nur bis zur Nasenspitze und geschäftstüchtig sind die wenigsten. Also mussten wir wohl oder übel so früh zum sonntäglichen Markt fahren. Wir promenierten dann Arm in Arm während zwei Stunden von oben nach unten und wieder zurück, um gleich das Ganze erneut zu starten. Mit diesen Spaziergängen redeten wir uns eben auch die Freuden und Sorgen von der Seele. So gegen Mitternacht legte sich jede mit einer kuscheligen Decke quer über die Vordersitze in ihr Auto. Gegen 03.00 Uhr morgens erschien die Platzanweiserin auf dem Gelände, und ab da schlief ich zwei Stunden wie ein Stein. Um 05.00 Uhr machte eine von uns an der Türe klopfend bei der anderen Tagwache. Nun marschierten wir zur nächsten Bäckerei, um unser Brot zu holen. Meistens kauften wir uns auch noch ein Croissant für den „Znüni" (vormittägliche Zwischenverpflegung. Falls der Bäcker gerade ofenfrische Apfelkrapfen hatte, konnten wir nicht wiederstehen, denn etwas Leckeres gibt es kaum, und man verbrannte sich mit Garantie die Zunge am heissen Apfelmus, aber das gehörte mit dazu. Um 06.00 Uhr öffnete dann endlich das Kaffeestübchen im Rugby Haus, und die meisten der Aussteller drängten sich dort zusammen, um einen kleinen Espresso zu trinken und sich dabei alles Mögliche zu erzählen. Ich bin nicht so begeistert, wenn man mich in der Frühe bereits mit Gesprächen zu textet. Also nahmen wir unsere Kaffeebecher und stellten uns vor die Türe, denn ausser ein paar „Bonjours" musste man da nicht allzu viel von sich geben. Bald schon ging ich meinen Stand aufstellen und packte meine zig, zig Artikel aus. Als Schweizerin hatte ich natürlich alles in sauberen Kartonschachteln und Tüten verstaut. Zudem war jede einzelne Tasse oder jedes Glas in ein Stück Papier eingeschlagen. Da ich jeden Sonntag so meine 15 und mehr Bananenkisten zum Auspacken hatte, war das auch ein rechtes Stück Arbeit. Endlich war alles dort, wo es hingehörte, und ich konnte mich auf mein rotes „Tabouret" (stabiler Holzklappstuhl) setzen und dem Geschehen ringsum zuschauen, denn es kamen vorerst nur vereinzelte Frühaufsteher. Der grosse Kundenstrom setzte erst so um 10.00 Uhr ein und war nach einer guten Stunde auch wieder vorbei. Sobald die Uhr den Mittag geschlagen hatte fingen alle an, die verbliebene Ware wieder einzupacken. Bei mir gestaltete sich dieses auch wieder sehr aufwendig. Ich habe verschiedentlich den Ausstellern beim Ausstellen und Auspacken zugeschaut. Es gab einige, die kippten den Schachtelinhalt auf die am Boden ausgebreitete Plane und rückten mit den Schuhen die Stücke in eine halbwegs passende Form, egal, ob es sich denn um Geschirr oder andere zerbrechliche Teile handelte. Beim Einpacken nahm man einen Arm voller Kleider und schmiss den, ohne jegliche Umhüllung, einfach ins Autoinnere. Mein System war zwar ordentlich, aber es kostete mich auch viel Zeit, und so fuhr ich meistens erst nach eineinhalb Stunden komplett erschöpft nach Hause. Die Verkaufsartikel zu finden wurde zusehends schwieriger, denn wenn mir meine lieben Landsleute ein, zwei Tütchen brachten, kam ich damit kaum in Bedrängnis, denn ich verkaufte jeden Sonntag mehrere grosse, gut gefüllte Schachteln von meinen mitgebrachten Sachen. Während einiger Jahre konnte ich jeden zweiten Mittwoch an einer öffentlichen Versteigerung teilnehmen, das war dann Spass pur. Ich sagte immer, dass ein so ersteigertes „lot" (Päckchen), meistens waren es zwei, drei Paletten mit vier bis zehn Schachteln, ein riesiges Aha-Erlebnis für mich sei. Beim Durchsehen der Ware zu Hause fühlte es sich jeweils an wie Geburtstag, Ostern und Weihnachten zusammen. Ich wusste nie genau, was ich ersteigerte, und der Überraschungseffekt war unbeschreiblich. Die Versteigerungen fanden immer in einem recht schmuddeligen Hangar statt. Der Gantrufer war ein Notar, und die Kunden waren mehrheitlich ältere, einfache, aber unwahrscheinlich sympathische Menschen. In Deutschland und der Schweiz hätte man vermutlich von Gerümpel gesprochen und nicht von Ware, denn das meiste war verstaubt und zum Teil recht schmutzig. Aber für mich war es einfach perfekt. Diese Paletten-Päckchen wurden nie teuer gehandelt und waren für mich natürlich äusserst interessant, denn damit konnte ich ganz gut verdienen. Klar, zuerst musste ich dann alles sichten und wie im Märchen verfahren – die guten ins Kröpfchen und die schlechten ins Töpfchen. Mit den aussortierten Artikeln fuhr ich zur hiesigen „Déchetterie" (Kehrichtentsorgungsstelle), und den Rest wusch ich und wickelte alles nach meiner Manier ein. Dummerweise kamen sich der Notar und die übergeordneten Stellen in die Haare. Es wurde viel von „Bschiss" etc. gemunkelt. Dem Notar platzte der Kragen, und er stellte die Versteigerungen ein. Ich war untröstlich, denn wo bekam ich nun den vielen Nachschub her? Ab und zu hatte ich Glück und konnte günstig ein paar gefüllte Kartons aus einem Inserat erwerben, aber die Gelegenheiten waren sehr rar. Wir sind mit einem Antiquar lose befreundet, und dieser macht seit ewigen Zeiten im ganzen Süden diverse Hausräumungen. Für ihn sind die antiken Gegenstände von Interesse, aber er muss natürlich auch das Uninteressante entsorgen. Er zog uns verschiedentlich zu den Räumungen bei. Ich konnte dann alles „Uninteressante" gratis bekommen und beim Flohmarkt verkaufen. Aber es war zügiges Arbeiten vonnöten, denn da musste ich über meinen Schatten springen und mein System dem Seinigen anpassen. Es konnte nichts mehr eingewickelt werden, denn Beeilung war Programm. Ich musste versuchen, möglichst klug die Kartons zu füllen und mit einer tüchtigen Portion Optimismus darauf zu vertrauen, dass möglichst viele Artikel dieses rüde Benehmen überstehen würden. Sichten, sortieren, reinigen und einwickeln kam dann erst wieder zu Hause zum Tragen. Es war mindestens so traurig und entmutigend wie auch interessant, wenn man bei einer Hausräumung dabei war. Unglaublich, von was sich die Menschheit nicht trennen will und kann. Plötzlich ist man alt, gebrechlich oder nur einfach zu müde, und man kann nichts mehr selber organisieren. Dies müssen dann wildfremde Menschen tun, eben die Hausräumer. Ich sagte oft, ein solches Elend möchte ich meiner Nachwelt nie hinterlassen. Viele Bücherfreunde tun sich schwer, sich von ihren Büchern zu trennen. Bei grossen klassischen Werken macht das ja noch Sinn, aber das Meiste könnte man noch zu Lebzeiten selber den entsprechenden Containern übergeben. Mode, Geschmack und Zeitgeist verändern sich stark und genau diese Veränderungen machen leider auch nicht vor den Büchern halt. In meiner Jugend hatte man immer ein Sonntags- und ein Alltagsgeschirr-Service im Schrank. Man trug gezielt Sonntags- und Werktags-Kleider, hatte Tischwäsche für hohe Feiertage und vieles andere mehr. Heute leben wir in einer grossen Wegwerfgesellschaft, ob wir nun wollen oder nicht und die Mode wechselt schneller als wir „Babi" sagen können. Darum finde ich es deutlich besser, wenn man sich rechtzeitig mit dem Entsorgen befasst. Einmal halfen wir ein Haus räumen. In der Garage standen mindestens 50 stark verstaubte Einmachgläser mit allerlei Obst gefüllt. Philippe fragte noch: „Wollen Sie diese Gläser haben? Ansonsten schmeisse ich sie weg." Natürlich wollte ich sie behalten, nicht etwa wegen dem fruchtigen Inhalt, nein wegen der Gläser. Ich dachte, dass ich den Inhalt im Wald auskippen und sich dann die Wildschweine diesem Obst widmen könnten. Die Gläser wollte ich reinigen und verkaufen, denn es gibt recht viele Marktbesucher, die ganz gerne Einmachgläser kaufen. Ruedi brummte zwar beim Einladen über meinen gedanklichen Schwachsinn, aber er half mir trotzdem. Zu Hause wollte ich die Gläser öffnen, um alles seiner Bestimmung zuzuführen. Aber du heiliger Bimbam, ich musste kleinbeigeben. Die Gläser waren dermassen alt, verklebt von der langen Lagerung, dass ich sie mit keinem Trick der Welt aufbekam. Zähneknirschend lud ich alles wieder ein und fuhr zur „Déchetterie". Dort hiess es: Ab in den Container für nicht brennbares Zeug! Schade drum! Aber ich bemerkte schon oft, dass recht viele Menschen von einer Art Raffgier befallen sind, wenn Obst und anderes gratis zu haben ist. Es wird jedes Jahr eine Menge Marmelade eingekocht und dabei wird leicht vergessen, dass sich die Anzahl der Familienmitglieder verringert hat, denn die Kinder sind schon länger ausgeflogen, und das verbliebene Elternpaar benötigt auch nicht mehr so viel Nahrung wie früher. Ich koche selber jedes Jahr Marmelade ein, aber nur gerade so viel, dass bis Ende des Jahres alles aufgegessen ist. Allerdings habe ich des Öfteren von verschiedenen Besuchern mehrjährige Konfitüren als Gastgeschenk bekommen, denn wie gesagt, sie hatten eben dem günstigen Angebot einfach nicht wiederstehen können. Selbstverständlich klebten der guten Ordnung halber die entsprechenden Etiketten samt Jahreszahl auf dem Töpfchen.

Bei den verschiedenen Hausräumungen kam ich öfter mal ins Grübeln, denn ich fragte mich, wie ein alter Mensch in einer so himmeltraurigen Umgebung sein Dasein fristen konnte. Im Wohnzimmer-Glasschrank zum Beispiel lag das Sonntagsgeschirr in einem mindestens fünf Zentimeter hohen Bett aus Papierschnitzeln vermischt mit Mäusekot. Dass beim Alltags-Geschirr kaum ein unbeschädigtes Stück dabei war, konnte ich ebenfalls kaum verstehen. Wie oft sagen gerade ältere Menschen: „Ach, das genügt mir noch, warum sollte ich mir etwas Neues und Schönes kaufen, ich lebe ja eh nicht mehr so lange." Aber bei einer solchen Denkweise kann ja gar keine Freude aufkommen und es ist kein Leben, sondern eher ein Vegetieren. Ich für meinen Teil will in und mit ordentlichen Sachen leben. Es muss ja nichts Teures sein, aber sich wenigstens sauber präsentieren. Da höre ich von Freunden und Kollegen von links bis rechts, dass man die Enkel hüten muss. Meistens wird diese Hüte-Pflicht auch mit einem tiefen und langen Seufzer begleitet, denn man habe halt nicht mehr so viel Energie wie ein paar Jahre zuvor. Die meisten erzählen auch, dass sie nachher jeweils total kaputt seien und ziemlich lange benötigen, bis sie wieder zu Kräften gekommen sind. Auch diese Thematik spielt sich länderübergreifend in ähnlicher Form ab. Die Franzosen erzählen oft mit mehr oder weniger Stolz von ihren „Petits", auch wenn diese Kleinen längstens selber im Erwerbsleben stehen. Früher hatte man gerade neben den Bauernhäusern ein sogenanntes „Stöckli" oder in einem grösseren Einfamilienhaus noch eine kleine Wohnung für die Eltern. Eher selten waren diese Wohngelegenheiten dazu angetan, um besser die Kinder hüten zu können. Nein, vielmehr konnten sich so die Grosseltern noch mit kleineren Arbeiten etwas nützlich machen und falls sie krank wurden oder Pflege benötigten, konnten die Jungen sie wiederum leichter unterstützen. Heute sind diese Wohnmöglichkeiten etwas aus der Mode gekommen. Die Grosseltern können und müssen die „Kleinen", „les petits" hüten, aber wenn sie dann Hilfe oder Pflege benötigen steckt man sie in ein

Altersheim oder lässt sie im angestammten Haus „vegetieren". Meine diesbezüglichen Grübeleien und Gedankengänge befanden alles als grosse Ungerechtigkeit. Als Mutter kümmert und sorgt man sich ein ganzes Leben um das Wohlergehen seiner Kinder, aber im Gegenzug wird mancher Elternteil auf das Abstellgeleis geschoben und eben auch ganz gerne etwas vergessen. Man kann sich dann immer noch mit Äusserungen wie stressiger Beruf, zu viel um die Ohren mit der eigenen Familie etc. herausreden, damit man trotzdem noch in den Spiegel schauen kann. Meine Argumente gipfeln immer in diesem einfachen Satz: Jeder Mensch hat täglich genau 24 Stunden zur Verfügung, wie man diese füllt, ist allerdings jedem selber überlassen. Ein Anruf oder ein kurzer Besuch bei Mama sollte da eigentlich schon drin liegen. Eines Tages steht jeder am Grab seiner Eltern. Weinen hilft dann auch nicht mehr, und die Zeit zurückdrehen geht eben auch nicht. Daher sollten alle versuchen, dass auch gebrechliche Menschen ein freundliches, gepflegtes Leben haben und nicht zwischen ramponiertem Geschirr und Mäuseexkremente ein respektloses Dahinvegetieren erleben müssen. Neulich sah ich folgenden Aufruf an einer Anzeigentafel einer Gemeinde. Diese Tafeln sind seit ein paar Jahren fast in jedem Ort aufgestellt. Sie können von den Gemeindepräsidenten elektronisch bedient und beschriftet werden. Es ist eine ganz praktische Angelegenheit für die Bevölkerung. Bis vor ein paar Jahren wurde das Wasser oder der Strom von einer Minute zur anderen einfach abgeschaltet, ohne dass die Dorfbewohner vorher in Kenntnis gesetzt wurden. Diese Arroganz stiess den meisten Leuten recht sauer auf und sie beschwerten sich überall, dass man mindestens eine Mitteilung machen könnte, denn beim Versenden der Rechnungen würde man sie schliesslich auch finden. Natürlich wäre das ein zu grosser Aufwand, um jeden Einzelnen zu benachrichtigen. Also wurden überall diese Hinweistafeln aufgestellt. Man erfährt, was in der Gemeinde so ansteht in Form von Festlichkeiten, die Tagestemperaturen, Mitteilungen über das Ausbleiben der Müllmänner und ähnliches mehr. Nun konnte ich also erfahren, dass zurzeit eine Gluthitze herrsche und man sich unbedingt regelmässig bei seinen Angehörigen (die nicht im gleichen Haushalt leben) melden solle, um sich zu versichern, dass mit ihnen alles in Ordnung sei. Wieder einmal staunte ich. Offenbar sind die Menschen heute derart mit Wichtigem beschäftigt, dass man sie sogar öffentlich auf ihre Pflichten hinweisen muss. In meinen Augen ist dies ein mehr als bedenklicher Zustand, denn es scheint, dass der gesunde Menschenverstand gänzlich verloren gegangen ist. Kürzlich konnte ich in der Zeitung lesen, dass ein Herr aus Nîmes eine Methode entwickelt habe, damit man nie mehr seine Kinder im abgeschlossenen Auto vergessen könne. Zu einer solchen Erfindung brachte ihn der Todesfall eines Kleinkindes aus Italien, denn dort starb ein solches vor zwei Jahren. All diese Vorkommnisse muten doch sehr bedenklich an.

Wir konnten nicht nur mit Philippe räumen gehen, nein, auch bei einigen Schweizern waren wir diesbezüglich zu Gange. Gar mancher hatte sich ein Haus im Süden gekauft, als die eigenen Kinder etwas flügge geworden waren. Die meisten benutzten diese Häuser nur als Feriendomizil. Einige hegten allerdings die leise Hoffnung, beim Eintritt ins Rentenalter auch hier zu leben. Meines Erachtens waren dies eher unglückliche Gedanken, denn so vorausschauend planen führt meistens ins Abseits. Wir lernten viele Deutsche und Schweizer kennen, die sich ein Ferienhaus leisten konnten. Mit einigen waren wir ein paar Jahre befreundet und hatten zuvor auch für viele von ihnen gearbeitet. Freilich verwirklichte kaum einer die gehabten Pläne. Plötzlich hatte man ein Wehwehchen oder sogar etwas Ernsthafteres und musste nun regelmässig zur ärztlichen Kontrolle, und die gemachten Auswanderungspläne fielen ins Wasser. Die Männer hätten oft gerne diese Pläne in die Tat umgesetzt, aber da wollte die Gattin plötzlich nicht mehr mittun, denn jetzt sah sie sich genötigt, die Enkelkinder zu betreuen und zu versorgen. Einige Männer beklagten sich bei mir in bitterlicher Form darüber, dass die Gemahlin nun überhaupt nicht mehr daran dachte, die gemeinsam gemachten Pläne mit ihnen zu verwirklichen. Nun hat man plötzlich wiederum ein paar Jährchen dazu bekommen und das Autofahren wird jetzt zur Last. Wenn beide fahren können, kann man sich diese Bürde ja noch teilen, aber es gab immer wieder Menschen, die eben genau dies nicht konnten. Schweren Herzens und mit tränenden Augen wurde dann das Feriendomizil verkauft. Es gab auch immer wieder Hausbesitzer, die meinten, dass der neue Käufer auch den ganzen Inhalt mitübernehmen würde. Auch dies war ein Trugschluss - und dann mussten und durften wir ran. Meine Augen leuchteten jedes Mal, denn diese Häuser waren nicht verwohnt, und Möbel und Geschirr entsprachen meinen Vorstellungen. Freilich, alles was Einnahmen bringt, endet in Arbeit, aber es war abwechslungsreiche Arbeit. Weil wir nur ein kleines Haus haben, konnten wir die Möbel kaum bei uns einlagern. Also fotografierte und vermass ich vor Ort alles und setzte dann zu Hause verschiedene Inserate in die Zeitung. Es meldeten sich regelmässig interessierte Personen, denn oft hatten sie gerade einen Sohn oder eine Tochter, die erstmals eine eigene Wohnung bezogen. Aber auch hier staunten und wunderten wir uns sehr. Wir machten uns jeweils die grösste Mühe, nirgends mit den Möbeln anzuecken und ja keine Male oder Kratzer zu verursachen. Da kamen dann die Interessenten - und schwupp die wupp lagen unsere sorgfältig behandelten Möbel auf einem schmutzigen Anhänger oder in einem alten Bus. Dass man Decken, Kartons oder ähnliches mitbringen könnte kam keinem in den Sinn. Ruedi und ich zuckten meistens bei jedem unnötigen Rums erschrocken zusammen. Ich gewöhnte mir aber an, vorgängig den gemachten Preis zu kassieren, was nachher schrammte und rumste, konnte mir letztendlich egal sein. In meinem ganzen Leben bin ich öfter umgezogen und jedes Mal wurde alles sauber eingepackt, ordentlich beschriftet und ebenso verstaut. Wenn hier jemand umzieht kommt man aus dem Verwundern nicht mehr raus. Das ganze Inventar wird lieblos auf einem ausgeliehenen Allerwelts-anhänger transportiert, ob es denn trocken ist oder nass. Mit einem Seil oder ähnlichem wird alles einigermassen festgebunden und los geht die Höllenfahrt. Wir haben schon alle möglichen Gegenstände im Strassengraben oder am Strassenrand gefunden. Wenn nach zwei Tagen der gleiche Tisch oder Sessel immer noch dort stand, nahmen wir ihn meistens mit zum Flohmarkt. Wenn man einem solchen Fuhrwerk begegnet weiss man nie, ob es sich um einen Umzug oder nur um eine Fahrt zur nächsten Déchetterie handelt.

Gerade kam ich vom sonntäglichen Flohmarkt nach Hause. Ich war zwar hundemüde aber äusserst glücklich, denn ich hatte fast alles verkauft. Ruedi stand wie jeden Sonntag mit einem breiten Lachen im Gesicht vor unserem Häuschen und erwartete mich schon. Wir begrüssten uns fröhlich und Ruedi fuhr das beinahe leergeräumte Auto zum Parkplatz, der etwas weiter oben ist, derweil ich schon mal unser Frühstück vorbereiten ging. Wir essen immer erst am Mittag das tägliche Frühstück. Beim Aufstehen gibt es eigentlich nur ein, zwei Tassen Kaffee. Wir assen zusammen und erzählten dabei unsere Erlebnisse. Ruedi schwärmte von seiner sonntäglichen Mountainbike-Fahrt, welche er absolvierte, nachdem er in unserem Häuschen den Staub gesaugt und die Böden gewischt hatte. Plötzlich sagt er: „Wieso schmerzt mich dieser Punkt an meiner rechten Hand so sehr?" Ich meinte noch: „Vielleicht hast du dich gestossen oder ähnliches." Plötzlich sagte er: „Ich habe Bauchschmerzen." „Leg dich etwas hin, dann wird es bestimmt besser." Normalerweise legte ich mich selber nach einem Markttag ein Stündchen hin und manchmal machte ich auch ein kurzes, erholsames Nickerchen. Doch heute traute ich dem Ganzen nicht so recht und setzte mich lesend auf den Balkon. Ab und zu warf ich einen Blick zum Sofa. Ruedi war unruhig und er setzte sich plötzlich auf. „Geht es dir noch nicht besser?" „Nein, aber komm, wir laden jetzt das Auto aus." Wir schritten nach unten und fingen an die wenigen Kartons auszuladen. Als Ruedi einen kleinen Karton ins Haus trug, sah ich, dass etwas nicht stimmen konnte, denn er schien völlig kraftlos zu sein. „Geh dich wieder hinlegen, ich mache alleine fertig." Ich beeilte mich und stürmte wenig später hinauf ins Wohnzimmer. „Egal, ich rufe jetzt die Feuerwehr an, denn etwas stimmt nicht mit dir." Er wiedersprach noch, aber ich rief dennoch an und bat um Beeilung. Ruedi: „Mir ist so schlecht" und schon schleppte er sich ins Badezimmer und erbrach sich. Als er wieder zum Sofa ging meinte er: „Du kannst absagen, denn mir geht es wieder gut." Ich weigerte mich und rief nochmals an und sagte: „Bitte beeilen Sie sich, denn es ist das Herz!" Warum? Ruedi stöhnte in der Zwischenzeit auf und ich hatte einfach das dumpfe Gefühl, dass es sich nur um sein Herz handeln konnte, denn ich sah, dass es ihm immer mieser ging. Ich hatte furchtbare Angst, dass ich etwas falsch machen könnte, denn von Pflege und Medizin habe ich doch keinen blassen Schimmer. Zudem macht mir alles, was an Krankheit erinnert, komplette Panik, denn ich fühle mich unendlich hilflos und habe die grössten Ängste, irgendetwas falsch zu machen oder im richtigen Moment zu versagen. Ich rief bereits ein drittes Mal an und flehte um rasches Eintreffen, denn es sei wirklich ernst. Am anderen Ende der Leitung hiess es: „Wir sind unterwegs und werden gleich da sein." Ich rannte wie ein gehetztes Huhn nach unten, um zu schauen, ob nicht endlich der Krankenwagen zu sehen war. Dann hetzte ich wieder nach oben, um Ruedi zu beruhigen und um ihm zu erklären, dass er nur noch ein paar Minuten warten müsse, denn ich hätte sie schon gehört. So raste ich nach unten, dann nach oben und wieder nach unten in schierer Verzweiflung, doch noch etwas übersehen zu haben. Da, endlich, sah ich einen Feuerwehrmann mit einem Sauerstoffgerät auf dem Rücken das kleine Strässchen in Richtung unseres Hauses hochkeuchen. Bei seinem Eintreffen stürmte ich wieder mit ihm nach oben und gleich darauf wieder nach unten, um den nächsten Feuerwehrmann in Empfang zu nehmen. Endlich waren drei Männer und eine junge Frau eingetroffen. Sie widmeten sich Ruedi. Nun fuhr ein Personenwagen vor, dem eine junge, sehr engagierte Ärztin entstieg. Zuletzt kam dann der Krankenwagen angefahren. In unserem kleinen Stübchen standen nun sechs Helfer und kümmerten sich um Ruedi. Er erhielt Spritzen, Tabletten und es wurden Blutdruck gemessen und EKGs erstellt. Zwischen meinem ersten Anruf und dem Eintreffen der Feuerwehr waren genau 20 Minuten vergangen, denn ich hatte auf die Uhr geschaut, um alles besser zu kontrollieren. Man kann natürlich auch mit einem Krankenwagen bis vor unsere Haustüre fahren, aber es war Sonntag und es hatte einige falsch geparkte Autos, die ein Durchkommen des Rettungsfahrzeuges verhinderten. Darum kamen die Helfer einzeln und so schnell wie möglich zu Fuss, um keine unnötige Zeit zu verlieren. Der Krankenwagen kam dann wenig später doch noch vorgefahren. Sie hatten Ruedi sofort zum Sitzen gebracht und ihm Sauerstoff gegeben. Ein Feuerwehrmann sprach mir in einem fort Mut zu, denn ich war vor Kummer und lauter Sorgen halbwegs weggetreten. Jetzt hörte ich die Ärztin noch sagen: „Ja, ein kleiner Herzinfarkt". Ich dachte noch, Gott sei Dank, nur ein kleiner Infarkt. Die Feuerwehrmänner setzten Ruedi auf einen ihrer Stühle und trugen ihn nach unten zum Krankenwagen, wo sie ihn auf die Trage schnallten. Einer der Feuerwehrmänner sagte zu mir: „Haben sie die Papiere dabei und haben sie alles gut abgeschlossen?" Ich nickte und bat, doch in ihrem Auto mitfahren zu dürfen, denn ich würde mich im Augenblick ausserstande fühlen selber zu fahren. Ich durfte dann im Arzt-Auto mit der jungen Feuerwehrfrau mitfahren. Die Ärztin sass neben Ruedi im Krankenwagen und bereitete mit etlichen Telefonaten alles für eine sofortige Behandlung im Krankenhaus vor. Als wir vor der Privatklinik, einer Spezialklinik für Herzpatienten eintrafen, lag Ruedi stöhnend und kreidebleich auf der Trage. Sie rasten sofort mit ihm davon und man bat mich zu warten. Wenig später kamen alle Feuerwehrleute wieder zurück und vermeldeten, dass er sofort operiert werde und der Eingriff würde eine gute Stunde dauern. Nun standen sie alle neben mir und warteten mit mir auf das Ergebnis. Sie sagten noch zu mir: „Bitte rufen Sie ihre Kinder an." Dies tat ich dann umgehend und versprach Sohn und Tochter auch, dass ich mich später nochmals melden werde. Zudem rief ich ebenfalls Claudine an und klagte ihr mein Elend. Sie: „Ich rufe dich heute Abend zurück, wenn du dann zu Hause bist." Plötzlich kam einer der Feuerwehrmänner und sagte: „Es ist alles gut verlaufen und ein Arzt wird demnächst mit Ihnen sprechen." Sie wünschten mir alles Gute und waren damit auch gleich weg. Ich wartete. Plötzlich kam ein junger, sportlicher Mann auf mich zu und sagte, dass er meinen Mann gerade operiert hätte. Es sei ein sehr schwerer Infarkt gewesen, aber die Gefahr sei nun gebannt und Ruedi könne später wieder Sport machen und hätte sein Leben wieder. Er sagte ganz ernst zu mir: „ Wenn Sie nicht so schnell gehandelt hätten, hätte Ihr Mann den Abend nicht erlebt." Mich schauderte, denn meinen ersten Anruf tätigte ich ca. um 15.00 Uhr. Er führte noch an, dass die Schwestern jetzt das Bett und Ruedi entsprechend vorbereiten und mich dann rufen würden, damit ich zu ihm könne. Ich fühlte jetzt erst eine unaussprechbare Beklemmung und Angst und hatte das Gefühl, die ganze Umgebung nur durch eine dicke Watteschicht wahr zu nehmen. Endlich kam eine Schwester und bat mich zu Ruedi. Er lag auf der Intensiv-Station, damit man ihn rund um die Uhr besser überwachen konnte, zwar noch etwas bleich, aber er lächelte mich an. Ich konnte mein Glück kaum fassen. Ich blieb so lange wie möglich bei ihm, aber als die Besuchszeit um war und er sichtbar müde schien, rief ich mir ein Taxi und fuhr nach Hause. Das Nachhause kommen war so unnatürlich und unwirklich wie noch nie zuvor. Meine Bewegungen waren zwar normal wie immer, aber alles andere hatte sich irgendwie aufgelöst. Claudine rief mich wenig später an und teilte mir mit, dass sie am nächsten Tag zusammen mit Bernard zur Klinik kommen werde, denn sie würden mich in dieser schwierigen Situation jetzt bestimmt nicht alleine lassen.

Abends war es mir unmöglich, in unserem Bett zu schlafen, also setzte ich mich in meinen mächtigen Sessel ins Wohnzimmer und schlummerte dann manchmal etwas ein, um gleich wieder hochzuschrecken und wenig später wieder einzudösen. Als es halbwegs hell wurde fing ich an, dies und das zu ordnen, zu warten, um wieder durch das Häuschen zu tigern. Endlich war es acht Uhr und ich rief im Krankenhaus an, um nach dem Zustand von Ruedi zu fragen. Es gehe ihm gut, er habe am Abend noch etwas zu essen bekommen und hätte hierauf eine ruhige Nacht verbracht. Bis zu der Besuchszeit konnte ich einige Anrufe tätigen und mir wieder ein Taxi organisieren, denn es wäre mir unmöglich gewesen, selber Auto zu fahren. Claudine erreichte ich bereits und wir hatten ausgemacht, dass wir uns am späteren Nachmittag bei der Klinik treffen würden. Die Besuchszeiten waren etwas kompliziert, denn am Nachmittag konnte ich zwei Stunden bei Ruedi bleiben und dann musste ich die Station verlassen. Um 19.00 Uhr konnte ich dann nochmals eine Stunde zu ihm. Die dazwischen liegende Zeit verbrachte ich mit Lesen, Warten oder auch mal mit einem Spaziergang. Das Spazieren war zwar nicht so erholsam, denn die Klinik liegt zwischen zwei stark befahrenen Strassen. Am Montagnachmittag kamen dann Bernard und Claudine. Claudine blieb die ganze Zeit bei mir im Warteraum sitzen und sie erzählte dies und das aus ihrem Alltag, um mich etwas von meinen Sorgen abzulenken und sie sprach mir immer wieder Mut zu. Als die abendliche Besuchszeit bei Ruedi vorbei war, kam uns Bernard abholen und wir fuhren zu ihnen nach Hause, wo sie mir etwas zu essen vorsetzten. Wir tranken noch einen Espresso zusammen und dann fuhr mich Bernard nach Hause. Wenn man bedenkt, dass er eine gute Stunde Fahrzeit bis zu uns hatte und anschliessend die gleiche Strecke nochmals zurückfahren musste, ist dies eine grosse freundschaftliche Leistung. Claudine sagte immer wieder: „Verena hat ja niemanden aus der Familie in Frankreich, also müssen wir uns jetzt um sie kümmern." Wir hatten uns angewöhnt, jeden Tag miteinander zu telefonieren. Diese Anteilnahme machte mir die ganze Warterei ein kleines bisschen erträglicher, und ich bin den beiden unendlich dankbar für ihr mitfühlendes Verhalten. Ruedi musste acht Tage im Spital bleiben, davon die letzten drei in einem normalen Einzelzimmer. Wenn ich ihn besuchen ging, legte ich mich jeweils zu ihm aufs Bett und konnte endlich ein, zwei Stunden tief und fest schlafen. Hier im Süden sprechen die behandelnden Ärzte nicht gerade viel mit den Patienten. Nein, man muss selber fragen und bekommt so auch nur ein Minimum an Informationen mit. Nun wurde uns gesagt, dass Ruedi in einem Monat nochmals ins Krankenhaus kommen müsse, denn sein Infarkt wäre so schwer gewesen, dass man nur an den zwei grössten Adern Stents einsetzen konnte, aber es sei noch eine weitere Ader (etwas weniger wichtig und gross) mit Stents zu versehen. Als er am Montag nach Hause konnte, hatte ich eine Riesenangst, dass er sich überanstrengen könnte. Ich fragte also den behandelnden Arzt, ob Ruedi denn keine Reha machen müsse. Nein, hiess es, aber er muss jeden Tag mindestens eine Stunde marschieren. Ich erklärte nun, dass wir am Hang wohnen und wie das also zu bewerkstelligen sei. „Am Anfang nehmen Sie das Auto und fahren in flaches Gelände und dort machen Sie dann den stündigen Marsch, später können sie langsam auch im hügeligen Gelände anfangen." Wir hielten uns strikt an die Anweisungen. Auch hatte ich mit Argusaugen verfolgt, was man ihm im Krankenhaus denn als Essen vorsetzte. Es gab für alle Patienten ein einheitliches Menu, ungeachtet welchen Schaden sie hatten. Ich fand, dass wir uns bis jetzt weit gesünder ernährt hatten. Es gab auch keine Ernährungsberatung, ausser, dass an einem frühen Morgen eine Person einen Merkzettel mit der Lebensmittel-Pyramide wortlos auf Ruedis Nachttisch deponiert hatte. Ich studierte diesen Zettel ziemlich lange, aber ich fand darin auch nichts Aussergewöhnliches, denn wir lebten ja bisher schon in etwa nach diesen Vorschlägen. Ruedi musste ziemlich viele Medikamente nehmen, welche ich ihm regelmässig und zuverlässig bereitstellte. Es ging ihm eigentlich sehr gut, mir deutlich weniger, denn ich konnte meine Sorgen einfach nicht abschütteln und die damit einhergehenden Ängste natürlich auch nicht. Ruedi hatte vor seinen Eingriffen öfter mal etwas Nasenbluten gehabt, denn in jungen Jahren hatte er sich beim Boxsport das Nasenbein gebrochen. Bis jetzt konnte er gut damit leben, aber jetzt... Er musste ja einiges an blutverdünnenden Mitteln nehmen und nun wurde das Nasenbluten zum Problem. An einem Morgen bekam er Nasenbluten. Ich versuchte dieses mit den zuvor gekauften Medikamenten aus der Apotheke zu stoppen, erfolglos. Ich war am Verzweifeln, was sollte ich noch tun? Ich rief den Hausarzt und unsere Dorfärztin an, aber keiner ging ans Telefon. „So geht das nicht weiter! Ruedi, komm setz dich ins Auto, wir fahren nach Remoulins in die Praxis, wo gleich mehrere Ärzte sind." Dort wollte man mich beim Empfang abweisen, denn wir hätten ja zuvor kein „Rendez-vous" vereinbart. Ich stellte mich förmlich auf den Kopf und brachte die Sekretärin endlich dazu, dass sie uns ins Wartezimmer eines Arztes verwies. Dort sassen bereits sechs Patienten. Der Arzt erschien und forderte eine Frau auf, sich ins Behandlungszimmer zu begeben. Diese sagte: „ Nein, ich warte, behandeln Sie zuerst diesen Herrn." Ich brach fast in Tränen aus, dass es noch so menschliche und verständnisvolle Patienten gab. Der behandelnde Arzt war schon etwas älter und hatte gerade eine Praktikantin zur Seite, der er alles Mögliche erzählte. Er schaute sich Ruedis Nasenbluten an und erklärte dann uns und seiner Praktikantin, dass man hier nach alter Methode vorgehen müsse. Er tröpfelte etwas auf ein Stück Mull und stopfte dieses recht sperrige Teil in Ruedis Nase. Nun verklebte er diesen Stopfen mit Heftpflaster. Ruedi hatte eine richtige Knollennase bekommen mit diesem Verband. Es sah sehr speziell aus. Der Arzt meinte, dass man diesen Mullverband 48 Stunden so belassen müsse und erst dann sei er zu entfernen. Nach dieser Zeit bat ich dann die Krankenschwester aus unserem Dorf zu einem Besuch (kostete mich neun Euro), damit sie diesen voluminösen Verband entfernen konnte, denn ich wollte nicht das Risiko eingehen, bei unsorgfältiger Entfernung, eine erneute Blutung auszulösen. Es klappte alles bestens und die Nase blieb trocken. Der Arzt hatte seiner Praktikantin noch erklärt, dass man in einigen Ländern eben solche Stopfen gemacht hätte und in früheren Jahren natürlich auch in Frankreich. Ruedi hatte noch einige Male Nasenbluten, die zwar einige Stunden anhielten, aber zum Teil etwas weniger intensiv waren. Auch hatte ich mich mit der Zeit etwas besser an die Situation gewöhnt und erlitt nicht mehr immer gleich einen Panikanfall. Was wir bis jetzt bemerken konnten, ist, dass die speziellen Zäpfchen gegen Nasenbluten (leider nur in Deutschland erhältlich) am schnellsten und effizientesten wirkten.

Unser Alltag pendelte sich langsam wieder ein. Mitte Dezember musste Ruedi dann wieder in die Herzklinik, um den restlichen Schaden korrigieren zu lassen. Er war sehr zuversichtlich, aber ich leider nicht, denn ich hatte wieder eine Scheiss-Angst. Der Eingriff wurde planmässig durchgeführt und alles verlief normal. Er lag wieder auf der Intensiv-Station und ich buchte jeden Tag eine Hin- und eine Rückfahrt mit dem Taxi. Diese Taxifahrten wurden meistens vom Chef des Unternehmens selber durchgeführt. Er lebt im gleichen Dorf wie wir, man kannte sich also. Diese Fahrten waren mir eine grosse Hilfe und auch eine grosse moralische Unterstützung, denn der Taxi-Chef erzählte mir alles Mögliche über verschiedene Gebräuche des Dorfes und auch etwa lustige Geschichtchen und Begebenheiten über einzelne Dorfbewohner. Die Fahrten waren immer interessant und hatten zudem auch einen gewissen Unterhaltungswert. Vor allem dienten diese Fahrten auch dazu, meine Sorgen und Ängste ein bisschen in den Hintergrund zu drängen. Der Taxifahrer wartete jeweils, bis ich sicher hinter der Haustüre verschwunden war und fuhr erst dann zurück nach Hause. Einmal musste sein Gehilfe mich bei der Klinik abholen. Er fuhr ziemlich rasant und sehr unkonzentriert. Ich fühlte mich recht unwohl bei dieser

Fahrt. Als er von der grossen Hauptstrasse in die Dorfstrasse einbiegen wollte, landeten wir beinahe im Strassengraben, denn er wollte einem entgegenkommenden Fahrzeug gleich die Vorfahrt nehmen. Ich schrie entsetzt: „Stopp, stopp!" Zum Glück brachte er uns mit einem zackigen Bremsmanöver noch ausser Gefahr. Er: „Der hat mir doch mit der Lichthupe ein Zeichen gegeben, oder nicht?" „Nein, sicher nicht!" Er entschuldigte sich bei mir und ich spürte, dass er nun ebenfalls förmlich von der Rolle war. Zum Glück mussten wir nur noch knapp zwei Kilometer durchs Dorf rollen bis zu unserem Häuschen. Diese Strecke konnte er nicht mehr so schnell fahren und ich fühlte mich erleichtert, als wir doch noch heil ankamen. Ruedi wurde für ein Wochenende dann noch in ein Einzelzimmer verlegt. Als ich ihn besuchen kam, sagte er: „Ich bekam vermutlich nicht alle Medikamente, denn normalerweise sind es deutlich mehr Tabletten." Ich suchte die zuständige Krankenschwester und fragte, welche Medikamente sie denn verabreicht hätte. Ich führte immer eine Liste mit, damit ich bei allfälligen Fragen eines Arztes sofort sagen konnte, was und wieviel er denn bis jetzt bekommen hatte. Die Schwester sagte: „Da schauen Sie, das hat er bekommen." „Nein, unmöglich, da stimmt doch etwas nicht." Wir glichen nun die Produkte ab und …… Tatsächlich fehlten ihm einige Tabletten, denn die Schwester hatte die Unterlagen nicht genau gelesen. „Oh!" Sie machte sich auf die Suche nach den fehlenden Medikamenten und brachte diese dann zu Ruedi. Ich finde es manchmal schwierig, dass ich immer den Überblick behalten soll und jedem und jeder genau auf die Finger schauen muss, damit nicht gerade alles schief läuft. Wir müssen ja jeweils beim Hausarzt das Rezept holen für die Medikamente. Anschliessend fahren wir zur Apotheke, um dieses Rezept einzulösen. Es kam bereits mehrmals vor, dass ich fragte: „Gab es neue Verpackungen?" „Nein, aber es ist die Verpackung des 20 mg-Präparats." „Ja aber, es wurde die Medikation gar nicht geändert." Nun holte ich meinen Zettel hervor, wo ich jedes Produkt mit entsprechenden Mg vermerkt hatte. Tatsächlich musste nun das Rezept meinem mitgeführten Zettel angepasst werden. Verschiedentlich stellte ich fest, dass einige Ärzte zwar super Diagnosen machen können, aber leider öfter mal etwas zerstreut sind bei der Schriftlichkeit, und dass sie mit der Ordnung zum Teil sehr auf Kriegsfuss stehen. Mit all diesen erschwerenden Umständen muss man sich hier als Laie auch noch befassen. Ich habe zum Glück mit der Ordnung und einer gewissen Logik etwas weniger Probleme als einige andere Menschen, aber es stresst mich doch stark, dass ich überall ein Auge drauf haben muss, auch wenn ich in den wenigsten Fächern ein Profi bin. Wenn mich Schweizer Freunde jeweils auf die verschiedenen Arztkosten ansprechen und ich ihnen unsere Preise sage, dann meinen die immer, dass wir ja im Schlaraffenland leben. Aber oftmals sagte ich schon zu Ruedi, wie gerne ich unsere Landsleute mal zu einem Arztbesuch mitnehmen möchte, denn ich bin mir fast sicher, dass sie mit gesträubten Haaren aus den Behandlungszimmern stürzen würden. Ein Hausarzt misst hier nur den Blutdruck, er horcht auch Herz und Lunge ab und klopft eventuell noch hier und da gezielt auf eine Körperstelle. Das war es aber auch schon. Im Behandlungszimmer gibt es einen Schreibtisch mit Computer, drei Stühle, einen für den Arzt und zwei vor dem Tisch für die Patienten. In einer Ecke steht eine Liege. Wenn Platz genug ist, steht sie in voller Länge da, falls nicht, muss man sich halb sitzend und halb liegend darauf legen. In einer anderen Ecke gibt es ein kleineres Tischchen, wo sich Medikamente stapeln, respektive in einem unübersichtlichen Haufen da liegen. Ich vermute, dass es sich um die verschiedenen Muster handelt, welche von den Pharmavertretern dort abgegeben werden. Oftmals hat es noch einige Arztzeitschriften, die auch in einem Wirrwarr vor sich hin warten. Für eine allfällige Blutuntersuchung muss man zum nächsten Labor. Nach ungefähr zwei Tagen kann man dann die schriftlichen Resultate abholen. Es gibt dort ebenfalls einen Spezialisten, der die Berichte an die jeweiligen Sekretärinnen diktiert. Falls der Urin untersucht werden muss, geht man vorher in die Apotheke oder ins Labor, um das entsprechende Fläschchen zu holen. Bei den Stuhlproben wird ähnlich verfahren. Oftmals vergessen die dort arbeitenden Menschen dem Patienten zu sagen, dass er nüchtern zur Blutentnahme zu erscheinen hat. Wir mussten auch schon umdrehen, um eben dann am nächsten Tag nüchtern zu erscheinen. Es wurde einfach vorausgesetzt, dass man als Patient solches eigentlich wissen muss. Bei unserem Herzspezialisten, den wir regelmässig konsultieren müssen, herrschen auch so spezielle Bräuche. Da wir mit der Pünktlichkeit keine grossen Probleme haben, belegen wir immer den ersten Termin am Morgen. Dieser Termin ist um 08.30 Uhr. Die Sekretärin ist da und wir geben die „Carte Vitale" (Krankenversicherungskarte) ab. „Bitte setzen Sie sich ins Wartezimmer." Dort sitzen wir dann und es gesellen sich sofort andere Patienten dazu. Man wartet und wartet. Plötzlich kommt Bewegung in die Warterei. Wir werden in ein Behandlungszimmer gebeten, und ein anderer Patient darf sich im zweiten Zimmer installieren. Es ist hier im Süden so, dass man eigentlich immer zu zweit zum Arzt geht. Vor allem die älteren Patienten machen dies noch so, die jüngeren haben bereits etwas mehr Eigenständigkeit gewonnen. Nun kommt die Arzthelferin und macht schon mal ein EKG von Ruedi, dann heisst es wieder warten. Kurz nach neun Uhr kommt der Spezialist. Im Winter natürlich in einem gepflegten Wollmantel und einem teuren Schal um den Hals. Er hat einige Einkaufstüten dabei, egal ob Winter oder Sommer. Im Sommer entfällt der teure Schal, wird aber durch ein edles „Foulard" ersetzt. Nun stellt er die mitgebrachten Tüten andächtig und sorgfältig in Reih und Glied hinter seinen Schreibtisch. Er befreit sich von Schal und Mantel oder aber von Foulard und Weston. Alles wird über entsprechende Bügel gehängt. Bedächtig zieht er eine blütenweisse Berufsschürze an und schreitet zum Schreibtisch. Dort schaut er sich die abgelegten Patientenakten an und sieht ebenfalls die dort liegende Post durch. Jetzt ist er genügend informiert um sich etwas kurzangebunden seinem liegenden Patienten zu widmen. Mündliche kurze Begrüssung, und bei guter Laune gibt es sogar einen Händedruck mit einem eventuellen persönlichen Wort. Er schaut das EKG an, misst den Blutdruck und horcht konzentriert Ruedis Brustkorb und die Rückenpartie ab. Nun ein kurzes: „ Gibt es ein Problem nein? Dann ist alles in Ordnung. Wir sehen uns in zwei Monaten in der Klinik wieder. Sie machen einen entsprechenden Termin bei der Sekretärin." Schon widmet er sich seinen Notizen oder diktiert gerade einen Bericht. Verabschiedung gibt es eher selten. Einmal erlebten wir folgendes: Ruedi beklagte sich seit ein paar Tagen über mehr oder weniger starken Schwindel. Da wir ein paar Wochen zuvor ein Schweizer Ehepaar zu Besuch hatten, wo der Mann ebenfalls einen Infarkt erlitt, schilderte Ruedi diesem Besuch seine Probleme. Unser Besucher erzählte nun, dass er Gleiches erlebte und darauf hätte man ihm die Betablocker-Dosis verringert. Heute nun war ich dermassen mutig, dass ich es wagte, den Kardiologen auf das Problem anzusprechen, denn es könne doch nicht sein, dass man gegen diesen Schwindelbefall nichts unternehme. Ich getraute mich sogar zu fragen, ob man allenfalls die Abgabe der Betablocker vermindern könnte. Oh Weia, diese Frage hätte ich nicht stellen sollen. Der Spezialist war zuvor zu mir eigentlich immer recht freundlich gewesen und bei guter Laune riskierte er auch schon mal ein Spässchen. Heute hatte ich ihn offensichtlich auf dem linken Fuss erwischt. Er drehte sich wie eine Furie in meine Richtung und sagte mit grosser Bestimmtheit: „Sie können zu Hause in Ihrer Küche mit Pfeffer und Salz wirken, aber hier bestimme ich, was geht!" Wenn er mich geohrfeigt hätte, hätte es nicht schlimmer sein können. Ich wollte doch nicht an seinem Lack kratzen, ich hatte doch nur eine simple, vielleicht etwas ungeschickte Frage gestellt. Nach meiner Reaktion zu schliessen wurde ihm vermutlich erst bewusst, wie deplatziert seine geharnischte Äusserung war. Er mässigte sich deutlich im Ton und meinte, dass man noch andere Möglichkeiten hätte, um mit dem Problem umzugehen. Er setzte nun ein anderes Medikament ganz aus! Ich war so zerknittert und geschockt, dass ich keinen Pieps mehr von mir geben konnte. Fortan sprach ich ihn nur noch an, wenn es sich nicht vermeiden liess. Auch wenn er mehrmals versuchte einen kleinen Scherz zu machen, blieb ich eher unbeteiligt. Ich fand, auch wenn man ein gefragter Herzspezialist ist, kann man sich mit Anstand zu einer Frage äussern. Wir schlichen also in Richtung Empfangssekretärin, um unseren Kliniktermin zu erhalten. Es sollte an einem Nachmittag so um 14Uhr sein. Am Tag X kamen wir wie immer pünktlich zur Klinik und setzten uns in den Warteraum. Diese Räumlichkeiten werden von drei Ärzten genutzt. Ab und zu wurde ein Patient aufgerufen. Wir warteten. Da, unser Spezialist kam daher geschlendert, gekleidet wie bei der Ankunft in seiner Praxis und wiederum mit ein paar papiernen Tragetaschen. Es dauert und endlich rief er einen Patienten zu sich. Bei den Wartenden machte sich dezente Heiterkeit breit. Nun fragt jeder nach links und rechts, um welche Uhrzeit man denn geladen sei. Da kam man aus dem Staunen nicht mehr raus, denn alle Viertelstunden waren meistens gleich zwei Patienten aufgeboten. Als nun jeder wusste wo und wann, ging ein gemeinsames Schmunzeln durch die Reihen und endete in leisem Lachen mit der Bemerkung: „Bis heute Abend irgendwann werden wir wohl mal alle an der Reihe gewesen sein. Das ist bei diesem Spezialisten absolut normal, denn der scheint keine Uhr zu kennen." Endlich kam die Reihe auch an uns. Ruedi musste sich auf das dort installierte Fahrrad setzen und strampeln, ohne dass das Lämpchen jemals rot aufleuchten sollte. Dazu wurden ihm Herzfrequenz und Blutdruck gemessen. Der Arzt war heute offensichtlich sehr guter Laune, denn er konnte es nicht lassen mit mir zu scherzen. Als er sah, wie ich beim Eintreten auf die Uhr schaute, sagte er zu mir: „Falls Sie jemals einen Arzt konsultieren, der Sie pünktlich empfängt, dann wechseln Sie umgehend zu einem anderen Arzt. Der Pünktliche kann niemals ein guter Arzt sein, denn mal benötigt ein Patient nur zehn Minuten und mal braucht es eben eine Stunde, also scheitert daran mit Garantie jede Planung.

Ansonsten dürfen Sie mir gerne eine Schweizeruhr schenken."
Ich versuchte noch ihm klarzumachen, dass, wenn man den Arbeitstag bereits mit einer guten halben Stunde Verspätung beginnt, man dem ganzen Tag mindestens um diese Zeitspanne hinterherhinken würde, aber das war für so einen gescheiten Menschen natürlich kein schlagendes Argument. Von anderen Patienten hörte ich schon oft, dass dieser Spezialist sehr gut sei. Selber zweifle ich auch nicht an seiner Tüchtigkeit. Wie er mir erzählte hatte er früher selber viele Patienten operiert, aber nun habe man das Ganze besser aufgeteilt. Es gibt die jüngeren Spezialisten, die nur noch operieren und die älteren, erfahrenen machen die Nachsorge. Ist eigentlich kein schlechtes System. In den Behandlungsräumen dieses Herzspezialisten staunt man natürlich auch über den fehlenden Ordnungsgeist. Eine ordentliche Liege steht natürlich dort. Ebenfalls ein Schreibtisch und drei Stühle, aber… Es gibt auch noch eine eingestaubte Zimmerpflanze, ähnlich einer Yuca. Auf alle Fälle ist es eine Pflanze, die einem jede Misshandlung verzeiht und die sich wehrt, um nicht kaputt zu gehen. Rund um diese Pflanze türmen sich Schachteln und Dossiers in Hülle und Fülle. Vermutlich warten diese Akten alle auf einen entsprechenden Schrank oder aber auf einen Gang zum Archiv, wenn es denn ein solches geben sollte. Auf jeder freien Fläche liegen Akten. Für den Laien scheint es ein einziges Chaos zu sein, aber vielleicht hat ein genialer Mensch einfach ein anderes Ordnungssystem. Unter dem Schreibtisch stehen mindestens zwei altmodische Rechner, und eine ungeheure Menge von allerlei Kabeln liegt dort in einem wilden Wust beieinander. Im anderen Behandlungszimmer gibt es ebenfalls eine Liege in einer Art Abstellkämmerchen. Wenn der Arzt dort Untersuchungen macht, muss er eine Türe schliessen und dann ist nur gerade Raum für die Liege und ihn. Auch dort stapeln sich Dossiers und Aktenmäppchen, dass es einem richtig Angst macht. Ich vermute, dass es auch für die Arzthelferinnen nicht ganz einfach ist, den jeweiligen Überblick zu behalten, schliesslich arbeiten dort im Wechsel drei Frauen. Einmal, es war

ein paar Wochen nach unserem verbalen Zusammenstoss, mussten wir wieder einmal überdurchschnittlich lange auf die Behandlung warten. Ruedi war an diesem Tag sehr gereizt und er wollte unbedingt im Korridor auf den Moment der Konsultation warten, denn er vertrage die verschiedenen Gerüche der anderen Patienten nicht. Das heisst nicht etwa, dass sich die Patienten vorher im Dreck gewälzt hatten, nein, sie waren frisch geduscht und parfümiert, aber halt eben jeder mit einem anderen Wässerchen. Ruedi machte einen Kopf und blieb wie vernagelt im Korridor. Ich meldete der Sekretärin, dass wir draussen blieben und sie uns bitte rufen solle, wenn die Reihe an uns wäre. Kein Problem, hiess es. Ich wurde zusehends nervöser, denn wenn Ruedi so miese Laune hat, weiss man nie, was noch kommt. Meistens, wenn er so reagiert, ist ihm nicht wohl oder er hat irgendwo Schmerzen. Heute trieb es der Spezialist wirklich ziemlich auf die Kante, denn wir warteten schon mehr als zwei Stunden. Endlich, endlich wurden wir vorgelassen und der Check ging zügig über die Bühne. Es war zum Glück alles im normalen Bereich und wir machten den nächsten Termin aus. Allerdings war ich vor allem durch Ruedis Sturheit ziemlich angeschlagen, und so musste ich wieder einmal eine Bemerkung machen. Als die Sekretärin mir Tag und Zeit nannte, sagte ich: „In Ordnung, aber wir kommen sicher mit einer stündigen Verspätung, denn der Doktor tut dies ja auch. Und nebenbei bemerkt ist Pünktlichkeit eine Frage der guten Erziehung, welche auch einem Spezialisten gut ansteht. Auf Wiedersehen!" Als wir zwei Monate später zur Kontrolle erschienen, waren wir natürlich pünktlich wie immer. Der Spezialist kam etwas freundlicher ins Behandlungszimmer und sagte hierauf: „ Sie waren bei Ihrem letzten Besuch etwas genervt wegen der Wartezeit, oder nicht?" Ich überhörte die Frage, denn er machte es ja auch öfter. So gesehen waren wir also wieder quitt. Einmal sagte er: „Dieses Medikament muss Ihr Mann ein halbes Jahr nehmen, dann kann man es vermutlich absetzen." Ich verinnerlichte diese Äusserung und nach genau sechs Monaten sprach ich ihn auf diesen Satz an.

Er: „Nein, wir wollen kein Risiko eingehen und fahren noch sechs weitere Monate damit fort." Ich bedankte mich. Als das gesamte Jahr um war, hätte ich ein neues Rezept beantragen sollen, aber nun wusste ich nicht, ob auch das angesprochene Medikament erneuert werden musste. Ich fragte also den Hausarzt, was zu tun sei. Er: „Da müssen Sie beim Spezialisten nachhaken." „Würden Sie das bitte für mich übernehmen?" Er schmunzelte und rief dort an, allerdings hatte er erst nach einer knappen Woche die Antwort, die da hiess: „Absetzen des Medikaments." Unser Hausarzt ist ein sehr stiller, in sich gekehrter Mensch, der eher leise spricht und erst nur das Allernötigste. Er ist ein sehr sensibler Mensch, der nahezu für alles grosses Verständnis hat. Wir kennen ihn ja schon etliche Jahre. Ich genierte mich auch nicht, ihn über meinen „Fehltritt" in Bezug der Betablocker zu informieren und schilderte ihm natürlich auch die harsche Reaktion des Spezialisten. Da hörte ich ihn zum ersten Mal laut lachen und schmunzelnd meinte er: „Ja, das verträgt er offensichtlich nicht gut." Für unseren Hausarzt schien es eine Bagatelle zu sein, aber ich spürte, dass er selber vermutlich auch schon einen solchen „Nasenstüber" eingefangen hatte. Unser Hausarzt ist von der guten Qualität des Herzspezialisten überzeugt, aber dieser sei halt eben etwas eigenwilliger als andere, war schon einmal sein Kommentar. Wenn man bereits ein paar Jahre älter ist achtet man oftmals mehr auf verschiedene Zwischentöne und hat dank der vielen gemachten Erfahrungen manchmal auch eine etwas dickere Haut. Ich bin ja froh, dass es all diese unermüdlichen Helfer gibt, denn ohne sie wären wir richtig im Elend, aber wundern, ärgern und schmunzeln ist dennoch gestattet. Unser Leben hatte sich gerade einigermassen eingependelt und mein Vertrauen in Ärzte, Behandlungen und Medikamente nahm stetig zu. Aber wie schon oft sollte man nichts verschreien. Knapp anderthalb Jahre später, Ruedi lag schon im Bett, klagte er über ein Unwohlsein. Ich holte das Gerät zum Blutdruck messen hervor, startete und mass. Oh Schreck lass nach, der Blutdruck lag im orangen Bereich. Warten und nochmals messen, immer noch zu hoch. Ich mass alle fünf Minuten und es änderte sich nichts. Nach zwanzig Minuten war der Blutdruck normal, zum Glück. Ruedi war ganz ruhig und schlief ein. Ich setzte mich in meinen voluminösen Sessel, machte ein Kreuzworträtsel und ging jede Viertelstunde den Blutdruck messen, alles normal. In der ganzen Nacht blieb alles normal. Auch am nächsten Morgen und Vormittag blieb alles normal. Doch ich bat Ruedi, uns doch am Nachmittag beim Hausarzt anzumelden. Dieser kontrollierte den Blutdruck, horchte Herz und Lunge ab und meinte: „Alles bestens, aber wir wollen kein Risiko eingehen und ich melde Sie gleich zu einer Kontrolle beim Herzspezialisten an." Zwei Tage später sassen wir wieder im Spezialisten-Behandlungszimmer. Er machte ein EKG, horchte alles ab und mass den Blutdruck an Armen und Beinen und vermeldete: „Alles Tipp top, aber wir wollen kein Risiko eingehen, ich schreibe Ihnen gleich eine „Ordonnanz", mit der Sie sofort zum nächsten Labor fahren für eine Blutentnahme." Diesen Rat oder besser Befehl befolgten wir umgehend. Es wurde zweimal Blut entnommen, einmal am linken und einmal am rechten Arm, und man bat mich, am nächsten Abend kurz vor 19.00 Uhr nach den Resultaten zu fragen. Am nächsten Tag traute ich mich kaum dort anzurufen. Keine Auffälligkeiten hiess es. Ich machte einen innerlichen Luftsprung. Drei Tage später, Ruedi hatte sich im Fernsehen gerade ein Radrennen angesehen, derweil ich den Abendbrottisch gedeckt und einen Tomatensalat mit Mozzarella zum Essen bereitet hatte, rief ich: „Essen ist fertig." Ruedi stand vom Sofa auf und wollte sich die Hände waschen gehen. „Wieso habe ich hier drin einen solchen Schmerz?" Dabei deutete er auf seine linke Brustseite. „Mir scheint, dass es genau gleich schmerzt wie bei meinem Infarkt." Ich holte das Gerät und mass den Blutdruck, etwas zu hoch. Nach einer Viertelstunde das gleiche Resultat. Jetzt rief ich bei der Feuerwehr an und erklärte, dass Ruedi bereits einen schweren Infarkt hatte und jetzt der Verdacht wieder in die gleiche Richtung gehe.

Ich bat um grosse Beeilung. Anschliessend trat ich vor unser Häuschen und konnte eine Nachbarin sehen. Laut rief ich ihren Namen und sie kam in meine Richtung. „Bitte würden Sie sich unten an die Kreuzung stellen, denn ich habe den Krankenwagen gerufen." „Selbstverständlich!" Und sie marschierte in Richtung der Kreuzung. Knapp 20 Minuten später fuhr der Krankenwagen bei unserer Haustüre vor. Ihm entstiegen vier Feuerwehrmänner. Sie machten sofort ein EKG bei Ruedi. Wenig später kam ein Auto des Rettungsdienstes an. Diesem Fahrzeug entstiegen ein Arzt, zwei Arztanwärter und eine junge Frau. In unserem Wohnzimmer standen nun auf einmal acht Personen, wovon sich die meisten um Ruedi kümmerten. Gerade sagte der Arzt: „Es ist kein Infarkt, aber wir nehmen ihn mit in die Notfallklinik." Ich konnte nicht anders als nur noch weinen. Die Feuerwehrmänner nickten in meine Richtung und fragten: „Was machen wir mit ihr?" Die junge Frau legte mir den Arm um die Schultern und sprach mit ruhigen Worten auf mich ein und machte mir Mut. Ich konnte mich soweit beruhigen, dass ich in der Lage war, Papiere mitzunehmen und die Türen ordentlich zu schliessen. Dieses Mal durfte ich im Krankenwagen mitfahren. Wir kamen nach etwa einer halben Stunde beim Notfallspital an. Dieses Spital ist riesig und ungefähr zehn Jahre alt. Bei dessen Eröffnung hiess es in der Zeitung, dass auf dem sehr grossen Gelände die ersten 1000 Parkplätze bereits belegt seien, und zwar nur vom Personal. Sofort wurden bei Ruedi aller erdenklichen Untersuchungen gemacht. Es wurde der Brustkorb geröntgt, X EKG's gemacht, alle halben Stunden Blut abgenommen und pausenlos der Blutdruck gemessen. Ruedi sagte einfach immer wieder: „Der Schmerz fühlt sich an wie beim ersten Infarkt." Doch trotz aller Untersuchungen konnte man nichts Eindeutiges finden. Dieses Krankenhaus ist beängstigend gross. In den ellenlangen Korridoren liegen Patienten auf Betten rum. In den abgeteilten Winkeln hat es jeweils sechs bis acht Betten die nur durch einen Paravent oder Vorhang abgetrennt sind. Das Verhalten der Patienten ist so verschieden wie bei der gesunden Menschheit auch. Es hatte ältere, schon etwas demente Patienten, die immer aufstanden und unkontrolliert umherirrten, sie mussten dann vom Pflegepersonal wieder eingesammelt werden. Andere fluchten sich lautstark förmlich die Seele aus dem Leib, andere weinten oder wimmerten in ihre Kissen und weitere erzählten und schwatzten lautstark durcheinander. Bei dieser Geräuschkulisse wurde einem völlig schlecht. Noch eine letzte Blutentnahme, und dann sprach ein jüngerer Kardiologe mit mir: „Schauen Sie, hier auf diesem Bild ist eine Auffälligkeit, die ich mir so nicht erklären kann. Wir müssen zur Sicherheit eine koronare Untersuchung machen, aber das geht erst am nächsten Morgen." Ich bat ihn, dass man diese Untersuchung doch bitte in der Spezialklinik machen solle, denn Ruedi sei dort zuvor behandelt worden und man kenne seine Akte. „Kein Problem, ich veranlasse gleich den Transport für morgen früh. Sie können ruhig nach Hause fahren, denn Ihr Mann wird hier die ganze Nacht überwacht und morgens um 09.00 Uhr ist er bei der Spezialklinik." Ich erklärte Ruedi alles und verabschiedete mich von ihm. Beim Empfang bat ich den Diensttuenden, mir doch ein Taxi zu rufen, damit ich nach Hause fahren könne. „Haben Sie genügend Geld dabei, denn eine solche Fahrt kostet einiges", wurde ich gefragt. Ich zückte meinen Geldbeutel, damit er einen kurzen Blick riskieren konnte. Das Taxi kam. Gerne wäre ich doch wieder mit dem netten Menschen aus unserem Dorf gefahren, doch dieser hatte meinen Anruf nicht gehört, wie er mir später gestand. Am nächsten Morgen fuhr ich früh mit dem Taxi und mit dem netten Fuhrhalter zur Herzklinik, denn ich wollte auf keinen Fall die Ankunft von Ruedi verpassen. Dieses Mal hiess es warten, denn er wurde nur auf die Intensiv-Station verlegt. Heute hätte man keinen Platz, um die Untersuchung durchzuführen, sie hätten erst am nächsten Tag gleich nach dem Mittag einen freien Termin. Wieder warten, hoffen und bangen. Am nächsten Tag wollte ich ihn wie besprochen zur normalen Zeit besuchen, aber er war noch nicht da, ich müsse warten. Ich sorgte mich unendlich. Plötzlich hiess es: „Sie dürfen Ihren Mann nun besuchen, es ist alles gut verlaufen." Tatsächlich lag Ruedi wieder auf der Intensiv-Station und man stellte fest, dass er wieder einen Infarkt gehabt hatte. Zum Glück nur einen leichten, denn die vielen Medikamente, die er ja immer einnehmen musste, hatten schlimmeres verhindert. Als er drei Tage später in einem Einzelzimmer lag, atmeten wir hörbar auf. Ich hatte bis jetzt noch keine Gelegenheit gehabt, mit einem Arzt zu sprechen, denn auch wenn die ihre Visiten machen, sind die dermassen in Eile, dass kein Gespräch stattfinden kann. Ich beharrte auf einem Gespräch und machte einen Termin aus, der am Entlassungstag stattfand. Wir mussten richtig lange warten, bis endlich der jüngere, sportliche Arzt ins Zimmer wirbelte. Er zeigte mir auf dem Arztbericht, was korrigiert wurde. Er erklärte, dass es sich wiederum um eine grosse, wichtige Ader kurz vor Ruedis Herzen handelte, bei der ein Stent hatte eingesetzt werden müssen. Da alles irgendwie mit roter, schwarzer und gelber Farbe dargestellt war, konnte ich das Ganze recht gut begreifen. Ich sah, dass noch ein, zwei Stellen gelb markiert waren und fragte nun den Arzt, ob ich das richtig verstanden hätte, dass hier noch Engpässe seien. „Ja, das stimmt, aber solange der Durchgang über 50 % ist, besteht kein Handlungsbedarf. Ihr Mann kann weiterhin Sport machen. Diese Untersuchung hatte nebst der Korrektur auch noch was Gutes, denn wir konnten sehen, dass die zuvor eingesetzten Stents perfekt funktionieren und auch sehr schön an ihrem angestammten Platz geblieben sind. Ich wünsche Ihnen alles Gute!" Schon war er mit rassigem Schritt aus dem Zimmer gewirbelt. Wir suchten nun unsere letzten Habseligkeiten zusammen und gingen nach unten, um den restlichen Papierkram zu erledigen. Es gab eigentlich kaum was zu erledigen, denn den TV-Anschluss hatte ich bereits bezahlt, und der Rest wurde von der Zusatzversicherung erledigt. Ich musste nur noch den Austritt bestätigen. Endlich standen wir draussen und sahen schon unser Taxi kommen. Patienten, die zum Beispiel Herzprobleme, Krebs oder andere schwere Krankheiten oder Beeinträchtigungen haben, können gratis Taxifahren. Die Fuhrhalter rechnen selber direkt mit den Versicherungen ab. Der öffentliche Verkehr ist hier so wenig entwickelt, dass man zu diesen Taxifahrten greifen musste. Am Anfang, als wir nach Frankreich kamen, sah man kaum jemals ein Taxi. Heute nun gibt es diese Dienstleister an allen Ecken und in jedem Ort. Gerade für ältere Menschen eine gute Sache, denn nicht alle konnten oder können noch Auto fahren, und jedes Mal jemanden bemühen kann auch ziemlich anstrengend sein. Auf alle Fälle waren wir überglücklich, wieder zu unserem Alltag zurückzukehren. Wir machten nun wiederum unsere täglichen Spaziergänge. Ruedi sagte aber immer wieder, dass er jetzt deutlich besser bei Kräften sei als beim letzten Mal. Ich sagte Ruedi, dass ich drei Kuchen backen und diese dann den Feuerwehrmännern bringe wolle. Ich dachte mir, dass, wenn die Dienst haben. sie bestimmt ganz glücklich wären, wenn sie in den Pausen etwas zu futtern hätten. Nun fing ich an zu backen, und als die Kuchen fertig waren, fuhren wir zum Depôt. Wir hatten schon beim ersten Mal Schokolade, Pralinen und Kleingebäck vorbeigebracht. Die Anwesenden waren sehr überrascht, dass sich da jemand bedanken kam. Nun dieses Mal musste es Selbstgebackenes sein. Wir fuhren also los und klingelten. Ein Feuerwehrmann kam uns aufmachen und strahlte über das ganze Gesicht, denn es war zufälligerweise einer der Leute die Ruedi abholen kamen. Er konnte sich fast nicht einkriegen, denn immer wieder klopfte er Ruedi auf die Schulter oder auf den Rücken und wiederholte mehrmals: „Konnten wir Sie wirklich retten? Wir konnten Sie wirklich retten!" Der Mann zeigte eine Riesenfreude, die auch uns seltsam berührte. Dieses Depôt ist in Marguerittes, also ca. 8 Km von uns entfernt. Man sagte mir, dass dort 100 Personen arbeiten würden, sei es nun für Feuer, Unfälle oder Kranke. Wir sahen dort schon einige, die beim Sport waren, um sich fit zu halten und ansonsten trainieren die alles Mögliche. Jeweils so im November klingelt es abends plötzlich an unserer Haustüre und meistens stehen da zwei Feuerwehrmänner und sagen: „Wir kommen mit den Kalendern." „Einen Augenblick bitte, ich geh nur schnell Geld holen." Ich übergebe meine Spende und erhalte im Gegenzug einen Kalender. Diese Kalender sind für mich seit Jahren nicht wirklich brauchbar, denn es gibt zu wenig Platz, um etwas zu notieren, ist ja egal, ich verschenke den Kalender einfach an den Nächsten. Bis jetzt hat sich jeder gefreut, denn man hätte noch keinen für das neue Jahr.

Bereits nach Ruedis erstem Infarkt fing er nach einem Monat an sich zu beschweren, dass wir jeden Tag nur marschieren sollten. Er meinte, dass er nun endlich wieder Radfahren möchte. Ich sagte: „Gut aber zuerst fragen wir unseren Hausarzt." Dieser ist selber ein begeisterter Radfahrer und er fährt sicher jedes Jahr nochmals den Mont-Ventoux hoch. Er hatte für Ruedis Bitte grosses Verständnis, aber er betonte, wie auch schon der Herzspezialist sagte, dass die Herzfrequenz unbedingt unter 130 Schlägen bleiben müsse. Wir fahren ja schon seit Jahren nur mit dem Herz-Gurt und dem Computer, denn wir wollten immer schon unsere Leistungen kennen. „Am besten laden Sie die Räder ein und beginnen in der Ebene mit Ihren Fahrten", riet er uns. „Vielen Dank!" Nun gab es für Ruedi kein Halten mehr. Bereits am nächsten Tag sah man uns in der Ebene unsere Räder ausladen, und die Fahrt konnte beginnen. Ruedi fuhr vorneweg und ich folgte ihm mit viel Herzklopfen. Alle paar Meter befragte ich ihn nach seinem Zustand. Er war überglücklich und strahlte mit der Sonne um die Wette. Ich für meinen Teil musste feststellen, dass meine Frequenz anstieg und anstieg, bis ich vom Rad stieg, denn ich hatte dermassen Angst, dass ich plötzlich ebenfalls in der Klinik landen würde. Da sich Ruedi so wohl fühlte, konnte er überhaupt nicht verstehen, dass ich nun so zaghaft radelte und vor allem, dass ich sogar vom Rad stieg und auf Heimkehr drängte. Endlich liess er sich dazu bewegen, die Räder wieder einzuladen und heimzukehren. Aber er hatte nun erleben müssen, dass er bereits in der Ebene aufpassen musste, dass er die erlaubten 130 Schläge nicht überschritt. Ein paar Tage später telefonierte ich mit unserem Sohn. Thomas sagte nun ganz ernsthaft: „Warum kauft ihr euch denn nicht endlich ein E-Bike?" Er zählte mir alle Vorteile auf und meine Gegenargumente zerfledderte er so, dass davon nichts übrig blieb. Wir waren bisher immer so stolz gewesen, dass wir unsere Leistung durch die eigene Kraft erbrachten und E-Bikes existierten für uns gar nicht, denn wir hatten x-Mal wiederholt, dass wir nie ein solches Teil fahren möchten. Viel eher würden wir das Fahrradfahren an den berühmten Nagel hängen. Wir diskutierten und überlegten nun alles hin und her und quer. Letztendlich sagte ich zu Ruedi: „Eigentlich haben wir gar nicht viele Möglichkeiten. Entweder machen wir den Schritt hin zum E-Bike oder wir gehen nur noch zu Fuss. Und wir dürfen unsere einmal gefasste Meinung nun ruhig revidieren, denn es handelt sich hier ja um eine ungewollte Ausnahmesituation." Er war nicht gerade glücklich mit meiner Äusserung. Ich schaute mich nun schon mal ein bisschen im Internet um und las dies und das über Leistung, Kommentare von Nutzern, Beschreibungen und die Verkaufspreise. Ab und zu erzählte ich Ruedi dann von den entdeckten Dingen. Eines Tages bat ich ihn, doch mit mir zusammen zum Decathlon (Sportartikel-Grossbetrieb) zu fahren, damit wir wenigstens so ein Rad vor den eigenen Augen hätten. Dort standen genau zwei Herren-E-Bikes in schwarz. Beide waren wir von der Hässlichkeit dieser Räder überzeugt, aber irgendwie hatten wir Blut geleckt. „Ruedi, weisst du, wenn wir schon mal da sind, könnten wir eigentlich auch noch beim grossen Fahrradanbieter „Vélo" vorbeischauen. Sich eine Meinung bilden ist ja noch nicht verpflichtend, und gekauft haben wir damit auch noch nichts." Nur wenig später standen wir bei „Vélo" im Laden und sahen uns neugierig um. Die Verkäufer liessen uns gewähren und meinten, falls wir Fragen hätten, würden sie uns diese gerne beantworten. Ruedi entdeckte ein E-Bike und meinte, mit diesem Modell könnte er gut leben, denn es machte optisch auch was her und der

Preis lag im möglichen Bereich. Uns gefielen keine Räder, bei denen man den Motor entweder auf dem Gepäckträger mitführen musste oder wenn der so platziert war, dass es keine schöne Linie ergab. Klar, Ruedi liebt die Farben und er mag alles was bunt ist. Das optisch schöne Modell aber war in dezentem Beige gehalten mit schwarzen Streifen, aber er meinte, dass er sogar mit dieser Farbe leben könnte. Nun musste der Verkäufer auftauchen, um unsere Fragen zu beantworten. Als das geklärt war, sagte ich, dass alle ausgestellten Modelle für mich einfach zu gross seien, denn ich würde mit meinen kurzen Beinen nicht über die Stangen kommen, und ein normales Damenfahrrad war für mich keine Option, denn so etwas hatte mir noch nie gefallen. Der Verkäufer sagte: „Ja, für Sie bräuchten wir ein „S" Rad, ich schaue mal im Internet, ob irgendwo ein solches zur Verfügung steht." Wenig später kam er zu uns zurück und erzählte, dass er ein so kleines S gefunden hätte. Wir baten ihn nun, das optisch schöne, beige Rad schon mal zu reservieren und das kleine S zu bestellen. Er solle uns anrufen, sobald er beides zeigen könne. Eine Woche später standen wir wieder im Laden und wir kauften. „Sie können eine Probefahrt machen." Also fuhren wir ein paar Meter über den Parkplatz und unterschrieben die Verträge, bezahlten und luden die Fahrräder ein. Als wir dort im Laden standen, sah ich, dass der französische Staat für jedes gekaufte E-Bike schon mal 200 € bezahlte. Solche Ankündigungen lassen mein Herz immer höher schlagen und machten diesen Kaufpreis deutlich erträglicher. Zudem war ich für einmal so frech, dass ich bat, uns doch noch einen Extra-Rabatt zu gewähren, denn schliesslich würden wir ja gleich zwei Fahrräder kaufen. Auch hier hatte ich Glück, denn wir erhielten einen zusätzlichen Rabatt. Ganz fröhlich fuhren wir mit unseren Neuerwerbungen nach Hause. Nach dem mittäglichen Frühstück zogen wir unsere Fahrradkleidung an, setzten die Helme auf und fuhren flugs am Schloss vorbei den Berg hoch. Oben auf dem Plâteau (grosse Ebene) drehten wir begeistert unsere Runden und fotografierten uns gegenseitig mit dem dazugehörenden E-Bike.

Ja, das war eine super tolle Erfahrung und wieder zu Hause schwärmten wir beide, wie das doch Genuss pur gewesen sei, wenn man noch einen Zacken höher schalten konnte und nachher spüren durfte, wie es einen völlig in den Sattel drückte. Natürlich wurden unsere gemachten Bilder sofort an Thomas gesandt und wir bedankten uns für den wunderbaren Tipp. Ich hatte halt erst mit 60 Jahren mit dem Radfahren angefangen und war immer unheimlich stolz auf meine Leistungen gewesen. Für mich gab es nach einer längeren Fahrt nichts Befriedigenderes als zu sehen, wie viele Kalorien ich wieder verloren hatte. Die Freude war auch gross, als ich so langsam aber sicher einige Kilos verlor. Ich hatte natürlich gedacht, dass ich mit dem E-Bike dann keine Kalorien mehr verbrenne, aber das war zum Glück nicht so, denn strampeln muss ich ja immer noch selber. Seither nutzen wir alle Gelegenheiten, um uns regelmässig mit Strom zu bewegen. Als ich angefangen hatte bei Freunden und Kollegen von den E-Bikes zu erzählen hiess es immer: „Passt ja auf, denn es gibt mit diesen Rädern häufig Unfälle, gerade bei älteren Menschen." Ich fing an zu überlegen, warum eigentlich und kam zu diesem Schluss: Menschen, die in jüngeren Jahren Fahrrad fuhren und es dann einige Jahre nicht mehr taten und plötzlich mit einem E-Bike unterwegs waren, fuhren nicht mehr ganz so sicher durch die Gegend. Aber wir sind ja nur auf ein anderes Modell gestiegen. Strampeln und Bremsen geht wie vorher. Das Gewicht war nur unwesentlich höher, wenn man nicht gerade ein Rennrad hatte, also wo lag denn der Unterschied? Ich hatte ihn gefunden. Wenn ich mit meinem normalen Rad über einen gekiesten Weg fuhr, war ich in etwa mit der Hälfte der jetzigen Geschwindigkeit unterwegs. Auch bergauf verhielt es sich so. Also sagte ich mir, dass ich jetzt noch aufmerksamer und konzentrierter fahren muss, dann sollte es klappen. Für Ruedi war die Umstellung weniger schlimm, denn er war in jüngeren Jahren in einem Rad-Klub gefahren und hatte viele Amateurrennen bestritten. Jetzt aber geniessen wir es, noch so mobil unterwegs zu sein und sind richtig stolz, dass wir problemlos gute 70 Kilometer schaffen an einem Tag. Es darf aber auch nur die Hälfte sein, eben gerade so, wie es denn passt. Was man nicht bedenkt, wenn man sich ein E-Bike kauft, ist dessen Wartung. Vorher, bei unseren motorlosen Rädern, brachten wir diese am Anfang des Frühjahres zum Händler und dieser machte eine Revision. Nach einer solchen hatte man die Gewissheit, dass nun das Nötige getan war und man problemlos eine Radsaison damit fahren konnte. Bei den Autos ist es ja mittlerweile auch so, dass man die allerhöchstens einmal pro Jahr zur Garage bringt, damit wieder alles im Lot ist. Aber mit den E-Bikes gibt es deutlich mehr zu tun. Das heisst, je nach Gewicht des Fahrers und je nachdem, ob man denn mehr Fahrten im Gelände oder auf geteerten Strassen macht, müssen die Bremsbeläge ausgetauscht werden. Daran hatte ich gar nicht gedacht, bis Ruedi plötzlich nicht mehr bremsen konnte. Der Händler klärte uns nun auf, dass eine Revision nach 400 Kilometern oder mit etwas Glück bei der doppelten Anzahl Kilometern nötig ist. Ja, da stehen wir nun, so dreimal pro Jahr mindestens, beim Mechaniker auf der Matte, um eine Korrektur, Reparatur oder einen Wechsel von irgendetwas machen zu lassen. Natürlich kosten diese Dinge mehr als bei den motorlosen Rädern. Ruedi hatte das Pech, dass er innerhalb des ersten Halbjahrs bei seinem Rad einen neuen Motor benötigte. Dieser musste in China bestellt werden und war erst nach einem Monat ersetzbar. Ich bat den Händler um ein Ersatzrad, aber es konnte kein solches abgegeben werden, es hiess nur immer, bitte Geduld haben und warten, und dass bis jetzt kein solcher Fall bekannt war. Ruedi war stinksauer, denn das Wetter war optimal gewesen, um jeden Tag zu radeln. Als endlich der Schaden behoben war und nur wenig später ein anderes Problem auftrat, schlug ich Ruedi vor, halt jetzt den Händler zu wechseln. Wir fuhren nach Uzès, denn dort gab es einen Elsässer, der sein Handwerk besser zu verstehen schien. Da er nicht aus dem Süden kam, trauten wir ihm etwas mehr. Er schien sehr „serviabel" zu sein, denn bei unserem Aufkreuzen machte er sich gleich an die Arbeit, und wir konnten nur wenig später mit dem reparierten Bike das Gebäude verlassen. Ruedi war begeistert. Fortan hatten wir den richtigen Ansprechpartner, der sich immer gleich um das Problem kümmerte und nicht zuerst am Computer einen seitenlangen Bericht produzierte und die Kunden anschliessend mit ein paar höflichen Worten zum Wiederkommen in einer Woche aufforderte, wie das an anderen Orten gängige Praxis war. Aber irgendwie schleicht sich hier im Süden immer ein Wurm ins normale Geschehen. Da Ruedi oft in der „Garrigue" unterwegs ist und mehr Fahrten in unwegsamen Gelände macht, er habe schliesslich ein motorisiertes Mountain-Bike seine Begründung, fährt er öfter mal einen Nagel oder einen grossen Dorn ein. Früher reparierte er viele Dinge selber, heute ist es schwieriger geworden, denn seine Kräfte sind eben auch nicht mehr dieselben wie vor seinen gesundheitlichen Problemen. Also hatte ich schon ab und zu mal sein Fahrrad zum Händler gebracht. Ich habe nie darauf gedrängt, dass er gleich alles stehen und liegen lassen sollte, damit er diese Panne beheben konnte. Nein, ich fragte, wann ich das Rad wieder abholen könne. Mir schien, dass er mit den Frauen ein Problem hatte, denn oftmals fertigte er eine Kundin ziemlich harsch ab. Sicher, die männlichen Wesen waren in grösserer Zahl vorhanden, aber das sollte sein Verhalten ja nicht so prägen. Mich hatte er bereits zweimal auflaufen lassen und mich sehr unfreundlich behandelt. Bis heute hatte ich ihm so jede schlechte Behandlung durchgehen lassen, aber dieses Mal hatte er den Bogen überspannt. Ich stand mit Ruedis Rad an dritter Position der Warteschlange. Für mich ist Warten in und bei Geschäften kein grosses Thema, denn ich höre und schaue den dort anwesenden Mitmenschen einfach zu und finde dies auch noch interessant. Ich stand also da und schaute und wartete. Vor mir wurde ein Kunde vom pensionierten Helfer in diesem Geschäft beraten und bedient. Der Ladenbesitzer, also der Mechaniker vom Laden, bediente vor mir gerade einen anderen Kunden. Mitten im Gespräch liess er diesen stehen und kam auf mich zu. Er: „Was möchten Sie denn?" Ich verwies noch darauf, dass er doch zuerst das Gespräch mit dem Vorgänger ruhig fortsetzen könne, denn ich würde warten. „Nein, was wollen Sie denn?" Na gut, ich erläuterte den Schaden und fragte nebenbei, wann ich das Bike wieder abholen könne. Nun hob er seine Stimme und beschuldigte mich, dass wir ja nie Zeit hätten und immer alles sofort erledigt sein müsste, und er hängte noch ein paar unfreundliche Äusserungen und bösartige Unhöflichkeiten an. Ich verstand die Welt nicht mehr. Jeder im Laden drehte seinen Kopf in meine Richtung und ich stand da, als hätte er mich geohrfeigt. Ich liess das Bike stehen und trat den Rückzug an. Eigentlich bin ich recht hart im Nehmen, aber das war nun doch des Guten zu viel. Ich setzte mich ins Auto und fuhr nach Hause. Zuerst fluchte ich lautstark über diesen Rüpel, dann heulte ich über die mir angetane Ungerechtigkeit und zuletzt brummte ich: „Warte nur, du verdammter Dreckskerl." Zu Hause erzählte ich Ruedi von den gemachten schlechten Erfahrungen und dann gab es nochmals Konter. Plötzlich hiess es: „Ja, du hättest halt dies und das, und du kannst dich eben immer zu wenig wehren" und ähnliches mehr. Nun hing auch noch der Haussegen schief und machte mich nun vollends wütend. Egal. Ich setzte mich vorerst mal an den Computer und machte ein Spiel. Mit dieser Ablenkung verrauchte meine Wut und ich dachte, dass ich diesem Menschen vermutlich mal meine Meinung sagen sollte. Ich wusste, dass ich verbal keine Chance hatte, denn da stellen die Franzosen auf stur und hören eh nicht zu. Ich überlegte und entschloss mich dann, einen Brief zu schreiben, den ich beim Abholen des Fahrrades dem Meister selber übergeben könnte. Ich schrieb nun über jeden Besuch in diesem Geschäft einen Bericht über Empfang, Service, Eindrücke, Lob, Verbesserungsvorschläge und einiges mehr. Am Ende hatte ich meine zwei Seiten vollgeschrieben und überarbeitete diese noch einige Male. Als ich das Geschriebene für ordentlich genug befand druckte ich mir je zwei Exemplare aus. Die erste Hälfte kam in einen Umschlag und die zweite Hälfte in meinen Ordner. Ich wurde wenig später angerufen, dass das Fahrrad abholbereit sei. Ich machte mich auf zum Laden, wo ich vom Aushilfsverkäufer empfangen wurde. Dieser versuchte zu scherzen und mich mit übermässiger Höflichkeit zu bezirzen. Ich war ziemlich einsilbig und vor allem immun gegen diese aufgesetzte Haltung. Vom Chef selber war nichts zu sehen. Ich bezahlte meine Rechnung und übergab den Umschlag mit meinem Brief für den Patron. Nun verliess ich mit einem kurzen Gruss und dem reparierten Rad den Laden. In meinem Brief hatte ich mit dem Satz geschlossen, dass man auch mit schwierigen Kunden höflich umgehen können müsse, wenn man selber ein Geschäft habe und falls man diesen Anforderungen nicht gerecht werden könne, müsse man sich halt einen Job als Angestellter suchen, wo man keinen Kundenkontakt hätte. Mir war es wieder wohler, denn ich hatte an den Mann gebracht, was zu sagen war. Zu Hause konnte ich nichts Negatives vermelden, und dadurch blieben unliebsame Diskussionen auch aus. Als wieder einmal eine Reparatur anstand meinte Ruedi: „Ich komme mit, sonst gibt es wieder Schwierigkeiten." „Oh nein, das ist nun nicht mehr nötig, denn ich bin sicher, dass dieser Rüpel nun weiss, wie man sich zu benehmen hat." Ich war dann selber erstaunt, als ich dort eintraf. Ein freundliches „Bonjour" wurde mir gegönnt und das ganze Gespräch wurde in einem ordentlichen Ton geführt. Freilich konnte ich gut bemerken, dass wir bestimmt nie Freunde wurden, denn ich war ja weiblich. Ich hatte mich zuvor öfter mal amüsiert, wie ein männlicher Kunde dort aufgetreten ist. Man hätte meinen können, dass man sich bei einem Duell in der Natur befände, denn von heuchlerischem Schulterklopfen bis hin zum seitlichen Stossen der Hüften und anderes mehr kam einiges vor. Innerlich hatte ich schon oft geschmunzelt, denn männliches Verhalten hat bei Schwerenötern etwa die gleichen Symptome wie bei Hunden, denn diese heben auch überall das Bein, um hier und da einen Spritzer loszuwerden. Hirsche während der Brunftzeit stehen auch auf den Hinterbeinen, um die Köpfe zu senken und um dann dem Gegner möglichst bald zu zeigen, wer nun hier der Meister ist. So habe ich mich schon oft amüsiert. wenn sich Männer so verhalten. Wer ein gesundes Selbstvertrauen hat und mit den Mitmenschen einigermassen klar kommt hat dies natürlich nicht nötig. Bloss gibt es von den anderen, eben den Schwerenötern, eine ganze Menge. Gerade hier im Süden, wo noch viele Männer meinen, dass eine Frau bloss den Haushalt führen kann oder gerade noch gut genug ist, um mit einem von ihnen das Bett zu teilen. Na gut, für einmal waren die Fronten geklärt und ich war sicher, dass sie auch geklärt bleiben. Verschiedentlich musste ich wieder zu diesem Laden und konnte mich überzeugen, dass es mit etwas grosszügigem Denken nichts zu beanstanden gab. Ja, oft ist es sehr schwierig, hier im Süden als Frau zu bestehen und vor allem muss man immer wieder dafür kämpfen, damit man ernst genommen wird. Falls es wieder irgendwo diesbezügliche Probleme geben sollte, muss ich mir halt etwas Neues überlegen, um zu meinen Rechten zu kommen. Für mich ist ein solches „immer auf der Hut sein" recht anstrengend und einige Mitmenschen ordnen mich dadurch ganz gerne bei den „Kneifzangen" ein. Ist eigentlich egal, denn wichtig ist nur, dass man schlussendlich zum anvisierten Ziel kommt. Zum Glück leben wir in einer schönen Gegend mit einer abwechslungsreichen Natur, wo einem beim Marschieren oder beim Radfahren richtig das Herz aufgeht. Wir durften ja auch recht viele sehr nette und sympathische Menschen kennenlernen - und die paar Deppen gehören halt auch zum Leben. Gerade nach Ruedis gesundheitlichen Problemen konnten wir sehr viel Anteilnahme von den Bewohnern in unserem Quartier erleben. Fast jeder hatte mir angeboten, falls wir Einkäufe oder andere Besorgungen zu tätigen hätten, wir uns ungeniert melden sollen, denn man wäre für uns da. Oder falls wir schwere Sachen zu schleppen oder zu verschieben hätten, sollen wir uns einfach melden. „Wenn wir Sie nach irgendwo fahren sollen, dann bitte, nur anrufen" und vieles andere mehr. Ich bedankte mich jedes Mal herzlich und war tief gerührt von so viel Anteilnahme.

Da wir nun mit unseren E-Bikes Freundschaft geschlossen hatten, sagte ich zu Ruedi, dass wir unsere alten Räder so rasch wie möglich verkaufen sollten, denn es nütze ja nichts, wenn wir immer rückwärts schauen würden und den wenigen Platz könnten wir anderweitig besser nutzen. Er war einverstanden, denn auch er hatte begriffen, dass wir das Rad der Zeit nicht zurückdrehen konnten. Ich fotografierte die Fahrräder und schrieb einen ordentlichen Artikel dazu. Nun setzte ich eine Anzeige in die entsprechende Zeitung. Das Telefon blieb kaum ein paar Minuten still, denn Fahrräder, die in gutem Zustand sind, kann man schon verkaufen. Klar, die meisten Anrufer mäkelten bereits am Preis. Sie bissen auf Granit, denn sonst hätte ich sie ja gleich verschenken können. Ich bot jeweils an, dass man sie unverbindlich besichtigen könne. Gerade hatte sich ein jüngerer Mann angemeldet, der sie auch unbedingt kaufen wollte, wie er mir am Telefon versicherte. Bei seinem Eintreffen war er sehr angetan von dem, was er zu sehen bekam. Natürlich wollte auch er nicht den geforderten Preis bezahlen. Als er merkte, dass ich keinen Cent von meinem Preis abwich, sagte er: „Ich fahre jetzt zur Bank und gehe Geld ziehen, in einer halben Stunde bin ich zurück, aber verkaufen Sie sie nicht in dieser Zeit." Es klappte und er kam mit Geld zurück. Als er dann die Fahrräder etwas gar ruppig eingeladen hatte, biss ich die Zähne zusammen, denn es schmerzte mich doch sehr. Schliesslich hat Ruedi sein Rad praktisch neu von Freunden erhalten und mein kleines, silbrig glänzendes Rad hatte mir Ruedi ausgesucht. Ich war damals so stolz gewesen, denn es war das erste eigene Fahrrad in meinem Leben. Mit dem hatte ich einige Tausend Kilometer abgespult und viele, viele neue Gegenden entdecken können. Der Käufer fuhr mit seinem Kauf von dannen und ich bat Ruedi: „Komm, wir gehen marschieren." Mit diesen

Märschen kann man sich so ziemlich alles von der Seele laufen und der Kopf wird gleich, ähnlich wie beim Computer, „resettet", will heissen durchgelüftet, und zudem können wir uns über dies und das unterhalten. Beim Nach-Hause-Kommen ist die Welt dann wieder rund und „Aus den Augen aus dem Sinn" half auch hier.

Eines Abends klingelte es an unserer Haustüre. Es war ein Ehepaar, welches zwei Häuser weiter unten wohnte. „Wir gedenken, ein Quartierfest oder ein Nachbarschaftsfest zu machen. Würden Sie auch mitmachen?" „Ja, bestimmt! Sagen Sie mir einfach, wann und wie sie sich das Ganze vorstellen." „Heute sind wir etwas in Eile, aber wir würden gerne am Mittwochabend nochmals vorbeikommen, um das Ganze dann im Detail zu besprechen." „Super, kommen Sie einfach vorbei, denn wir sind da." Am Mittwoch sassen wir dann zu viert auf unserem Balkon und tranken ein Gläschen Wein, dieweil die Nachbarn uns schilderten, wie sie sich das Ganze vorstellten. Am kommenden Sonntag um zwölf Uhr würden die Nachbarn also kommen. Alain sagte, dass er einfach gerne seine nächsten Nachbarn kennenlernen wolle und darum würde dieses Fest steigen. Das Ehepaar wollte Mineralwasser und das Fleisch für den Grill besorgen. Auch würden sie Bänke und Tische bereitstellen. „Ja, für den Nachtisch haben wir auch schon Leute, die etwas bringen wollen, ah ja, und wir machen noch Grilltomaten, und Käse gibt es auch von uns", so seine Worte. Ich sagte: „Wir sind ja Rentner und ich koche ganz gerne. Ich werde eine Vorspeise machen und zu gegrilltem Fleisch könnte ein Kartoffelgratin gut passen den ich auch übernehme. Einen Kuchen zum Kaffee werde ich ebenfalls backen." Die beiden waren begeistert und das Fest konnte pünktlich steigen. Versprochen hatte ich also einiges, aber ich hatte noch keinen Schimmer, was ich denn produzieren könnte. Nach einigen Überlegungen entschloss ich mich für eine Lachspastete, dann Kartoffelgratin nach meiner Fasson und zum Schluss musste noch eine Nusstorte her. Die Pastete war ein Novum für mich. Wenn ich nicht ganz sicher bin, ob es denn gelingt oder nicht, sage ich immer halblaut: „Gott gebe, dass es klebe". Bis jetzt hat es immer funktioniert, also machte ich mir auch heute keine grossen Sorgen, denn es würde ja bestimmt kleben. Allerdings konnte ich bloss die Nusstorte am Vortag backen, denn Gratin und die Pastete mussten ja heiss serviert werden, demzufolge gingen sie auch erst am Sonntagmorgen in den Ofen. Da wir ja in unmittelbarer Nähe zum Festplatz wohnen, konnte ich aus kurzer Distanz das dortige Geschehen verfolgen. Jedes Mal, wenn wir eine Vielzahl von Gästen hatten, bereiteten wir Tische und Stühle bereits am Vortag vor. Bei unseren Nachbarn tat sich diesbezüglich nichts. Am Sonntagmorgen wurde noch die Wäsche von der Leine geholt und kurz vor dem Eintreffen der Geladenen wurden in gemächlichem Tempo Tische und Bänke bereitgestellt. So starke Nerven habe ich nicht, dass ich etwas erst auf den letzten Drücker erledigen kann, da bewunderte ich die Nachbarn schon sehr für ihre Langmut. Etwas nach zwölf standen wir mit unseren heissen Schüsseln beim Nachbarn im Garten. Er hatte vorher tüchtig Kohle auf den Grill geschmissen und stellte unsere Schüsseln möglichst nahe zum Feuer, damit sie nicht zu stark auskühlten. Die meisten Gäste waren auch schon da, und jeder erhielt ein kleines Schlückchen Martini oder eine Limo. Man kannte sich zum Teil vom Sehen, aber so richtig ins Gespräch gekommen waren wir noch nicht mit allen. Die Gespräche kamen ganz langsam ins Rollen und die ersten Lacher folgten schon bald. Nun setzte man sich an die Tische, wir waren zwölf Personen und ein Mann komme etwas später, denn er sei noch beim Markt seine Ware ausstellen, hiess es. Nun wurden Pouletschenkel und Merguez-Würstchen auf den Grill gelegt und jeder erhielt einen Wegwerfteller und Wegwerfbesteck. Die Lachspastete stand auf dem Tisch und das geschnittene Baguette ebenfalls. Man schöpfte sich gegenseitig und „bon appetit", das Essen konnte beginnen. Natürlich lobte jeder das Vorgesetzte und es hiess schon bald: „Wir haben offensichtlich eine gute Köchin in unserer Mitte." Wir setz-

ten unseren Festschmaus mit dem Fleisch und den gegrillten To-
maten und natürlich mit meinem Gratin fort. Die Stimmung war
super und es schien allen zu schmecken. Hier noch einen Schenkel
und da noch ein Würstchen nachgelegt, und endlich schienen alle
satt zu sein. Eine einzige Flasche Wein begleitete unser Essen und
man spülte mit viel Limo oder Wasser nach. Ich staunte, denn in
der Schweiz hätte man sich mit einer einzigen Flasche Wein bei so
vielen Essern sicher nicht begnügt. Nach einer kurzen Pause wurden nun der Camembert und die verschiedenen Kuchen und Des-
serts serviert. Bei diesen Köstlichkeiten war nun auch die drei-
zehnte Person anwesend, denn der Markt war vorbei. Nun ging
das Diskutieren endgültig los. Interessant war ja, dass alle Anwesenden in verschiedenen Berufen tätig waren. Es hatte Leute dabei, die bei einer Administration arbeiteten, einer war Maurer,
eine Frau arbeitete in einem mittleren Unternehmen als Personal-
chefin, eine andere war Sekretärin in einem grösseren Krankenhaus. Ein Paar in mittleren Jahren arbeitete bei Auchan im Verkauf. Ein Mann aus Neukaledonien ist Ingenieur und reist durch
halb Frankreich als technischer Berater. Ein knapp Sechzigjähri-
ger fabriziert verschieden Rennautos, mit denen er auch ausserhalb von Frankreich vorfährt, derweil seine Gattin zu Hause
die Organisation und den ganzen Bürokram erledigt. Dann gab es
den professionellen Marktfahrer, der seinen selber gefertigten
Schmuck verkauft. Ein Männer-Ehepaar aus dem Gastgewerbe
und natürlich der Gastgeber, der eine Staatsstelle im Strassenbau
innehat. Wir waren also ein recht bunt gemischtes Völkchen, welches mit vielen Erfahrungen aus der Privatwirtschaft oder eben
aus den verschiedenen Ämtern etwas zu den Gesprächen beitra-
gen konnte. Es war eine wunderbare Erfahrung, sich mit all diesen sympathischen Menschen zu unterhalten. Als wir als Schweizer dann erzählten, dass wir sechs Jahre lang einen Auswande-
rungsantrag gestellt hatten, staunten die Anwesenden nicht
schlecht. Als ich ihnen dann noch erläuterte, dass wir jedes Jahr
in Frankreich mit unserem Bankkontoauszug und der Rechnung

des Elektrizitätswerkes vorstellig werden mussten bei der örtlichen „Mairie", damit man unsere Aufenthaltsgenehmigung um ein weiteres Jahr verlängerte, waren alle ziemlich baff. Diese Verlängerungen mussten wir während fünf Jahren regelmässig beantragen. Ich erzählte, dass wir ja als Kleinunternehmen auch an das System bezahlten wie jedes französische Unternehmen auch. Die anwesenden Menschen verstanden die Welt nicht mehr und einige sagten sogar, dass sie sich für ihren Staat schämen würden, denn wir seien ja aus einem Nachbarland gekommen und nicht vom Mond. Natürlich lag die Vermutung nahe, dass wir so gebeutelt wurden weil die Schweiz kein EU-Land ist. Allerdings konnte ich einige Beispiele erzählen, dass man mit EU-Bürgern ähnlich verfahren sei, denn durch meine vielen Gänge zu den verschiedenen Ämtern konnte ich bemerken, dass die es kaum besser hatten als wir. Jetzt kam unweigerlich das Thema der Politik zur Sprache. Alle Anwesenden gestanden freimütig, dass, wenn sie eine Wahl hätten, sie bestimmt nicht länger zur EU gehören möchten. Sie bekannten auch ganz offen, dass sie immer rechts, will heissen Le Pen wählten, denn es sei einfach nicht richtig, dass so viele Afrikaner etc. einreisen könnten und man denen alles finanziere, wobei die eigenen Leute nur ganz knapp über die Runden kämen. Ich sagte dann auch, dass die Schweiz, auch ohne EU-Mitgliedschaft gehörig an diese Einrichtung bezahlen müsse. Auch in dieser Runde konnte ich wieder einmal hören, dass man die Schweizer für ihre Unabhängigkeit und ihre Möglichkeit, an Abstimmungen teilzunehmen, sehr bewundere und beneide. Ausnahmslos alle befanden, dass es mehr als schade sei, dass die Staatschefs einfach an den Leuten vorbei politisieren und sich einen Deut drum scheren, was ihre Bürger eigentlich für Sorgen und Probleme hätten. Ja, da hatten sie nicht ganz unrecht, denn heute wird alles Erdenkliche getan, damit die Wirtschaft boomt, um welchen Preis wird meistens nicht hinterfragt. Hauptsache ist es für jede Partei, dass das eigene Portemonnaie gut gefüllt ist und es natürlich auch bleibt. Früher reisten die verschiedenen Behörden allerhöchstens durch die eigenen Länder und waren meistens besorgt, dass es ihren Leuten besser ging. Heute, kaum ist einer in ein höheres Amt gewählt, heisst es in den Medien, Herr oder Frau X besuchen China und Amerika und vieles andere mehr. Viele Probleme sind eben dadurch entstanden, dass man mit der ganzen Welt Handel treiben muss und will. Bloss hilft dieses Wissen dem Einzelnen kaum, denn verändern oder aufhalten werden wir diesen Trend leider nicht. Wenn man schon an einem gut bestückten Esstisch sitzt, kommt man zwangsläufig auch zur Esskultur. Ich beklagte, dass man hier im Süden kaum irgendwo akzeptabel essen gehen könne. Der Rennauto-Konstrukteur hörte sehr aufmerksam zu, denn er ist ja im Norden gross geworden. Beifällig nickte er und pflichtete mir bei, dass es oftmals eine Schande sei, was einem hier im Süden vorgesetzt werde. Auch wenn die täglichen „Plats du jours" kaum was kosteten, seien sie dadurch eben nicht besser geniessbar. Ich erzählte nun, dass ich selber gesehen hätte, wie man in Restaurants mit den schon bezahlten, aber übriggebliebenen Getränken verfuhr. Jeder Rest Wein aus einer Flasche oder Karaffe wird in eine saubere Karaffe gefüllt. Das ergibt einen bunten Mix, der sortenunabhängig ist. Diese willkürlich gemischten Karaffen werden dann dem nächsten Gast als Tischwein verkauft. Mit kohlensäurehaltigem Wasser wird gleich verfahren, bloss giesst man dieses in eine Originalflasche, um es bei nächster Gelegenheit wieder zu verkaufen. Als ich dann noch sehen konnte, dass man mit dem Hahnenwasser gleich verfuhr, war ich entsetzt. Ich dachte mir zuerst, dass es vielleicht nur in einem einzelnen Betrieb so zu und her ging, aber verschiedentlich bestätigten mir Kellnerinnen, dass dies gängige Methode sei. Ich brachte nun vor, dass ich also meine Zweifel hätte, dass, wenn man bei den Getränken schon so verfahre, man in der Küche wahrscheinlich mit den gleichen Methoden arbeiten würde. Nun bestätigte mir einer der schwulen Männer, dass er selber solches gesehen und erlebt hätte. Er sei in einem recht renommierten Betrieb angestellt gewesen. Als er übriggebliebenes Essen in die Küche zurückbrachte, wollte er dieses im Resteeimer entsorgen. „Stopp, stopp", rief da der Chef, dieses Essen wird nicht weggeworfen, nein, das verabreichen wir den Angestellten. Seine wie auch meine Überlegungen gingen dann so weit, dass der Schritt vom Angestellten-Essen bis hin zum Kunden-Essen dann nur noch ein ganz kleiner ist. Auf alle Fälle waren wir uns einig, dass man kaum irgendwo im Süden anständig essen kann. Zudem setzt man hier kaum auf eine schöne Dekoration, damit eine gemütlichere Atmosphäre entsteht. Es wird bei allem gespart und mehrheitlich vom Billigsten gekauft. A propos wiederverkaufen von schon bezahlter Ware. Ruedi und ich gönnen uns ganz gerne einen Espresso in einer der besten Konditoreien der Region. Der Kaffee schmeckt herrlich und kostet den üblichen Preis von 1.20 €. Die dort verkauften Kuchen und Patisserie-Teile sind überaus lecker, denn man verwende keine Fertigprodukte, wie mir Caroline, die Besitzerin, erzählte. Wir kennen uns schon ein paar Jahre, und wenn sie etwas Zeit hat, diskutieren wir öfter über die geschäftlichen Gepflogenheiten und deren Probleme. Auch das Personal ist oft Grundlage eines Gesprächs, denn sie beklagte sich einige Male, dass es sehr, sehr schwer sei, gute Mitarbeiter zu finden. Sie ist oft enttäuscht über deren Verhalten, denn sie steckt eine Menge Energie und Können in die Schulung ihrer Leute. Letzthin meinte sie, dass sie sehr aufpassen müsse, damit die Mitarbeiter ihre Vorstellungen von Kundenbetreuung und Verhalten gegenüber den Kunden respektieren. So hätte sie denen schon oft gesagt, dass man niemals mehr etwas einem anderen Gast anbieten dürfe, wenn es denn schon beim Vorgänger auf dem Tisch stand, auch wenn das Gebäck oder der Kuchen noch so intakt sei. „Es ist aber kaum zu glauben, immer wieder muss ich die Verkäuferinnen dazu anhalten, dass sie Essen oder Kuchen nach dem Zurückbringen in den Resteeimer entsorgen und nicht einfach an den Nächsten wiederverkaufen. Es ist so mühsam und ich kann deren Logik einfach nicht verstehen." Mit den verschiedenen so erhaltenen Informationen steigt mein Vertrauen in die hiesigen Gaststätten natürlich nicht. Wenn ich mich manchmal hinreissen liess, irgendwo in der Region essen zu gehen, hatte ich nachher Magen- oder Darmprobleme. Ja, unser Festschmaus dauerte bis am späten Nachmittag. Abends um 18.00 Uhr erhoben Ruedi und ich uns von den Stühlen und machten uns auf nach Hause. Die anderen folgten nun ebenfalls unserem Beispiel und man war sich einig, dass es eine wunderbare Gelegenheit war, um seine Nachbarn näher kennen zu lernen, und es wurde beschlossen, diese Zusammenkünfte in jedem Herbst zu wiederholen. Ich hatte noch über Ruedi gestaunt, denn er ist nicht so stark in der französischen Sprache, aber er hielt tapfer mit und versicherte mir, dass er sich äusserst wohl fühlte und sich auch nicht gelangweilt habe. Wie ich bereits erzählte, gehen Ruedi und ich zwar nicht im Restaurant essen, aber wir trinken gerne mal hier und mal da einen Espresso. Ich wundere mich immer wieder, denn wenn unser Kaffee auf dem Tisch abgestellt wird, sagt die Bedienung: „Opp", will heissen „Hopp", denn die Franzosen sprechen ja das „H" nicht aus. Bei vier Personen gibt es eben auch die vier „Opps". In anderen Geschäften herrschen diese „Opps" auch vor. Ich habe mich schon beinahe daran gewöhnt und diese „Opps" würden mir fehlen, wenn sie denn nicht pünktlich mit der Bestellung geliefert würden. Auch nervt es mich manchmal, dass, wenn ich irgendwo bedient werde, man mich nicht bis zur Verabschiedung bedient. Nein, meistens tritt schon ein anderer Kunde unruhig von einem Bein auf das andere und „meine Bedienung" gibt an den nächst Wartenden bereits Auskünfte und ähnliches mehr. So fühle ich mich jeweils nicht ganz ernst genommen. Heute nun hatte ich ein so schönes Erlebnis, dass Ruedi und ich noch lange immer wieder lachen mussten. Vor einem guten halben Jahr hatte ich beim Carrefour-Market in Remoulins eine günstige Singer-Nähmaschine gekauft. Gerade hatte ich mich mit Freuden an mein Maschinchen gesetzt, denn ich wollte den Nachmittag mit Nähen verbringen.

Aber das Ding wollte nicht wie ich. X-mal entnahm ich den Unterfaden und setzte ihn wieder ein, aber die Maschine bockte weiter. Zuletzt habe ich mit viel Sorgfalt alles auseinandergenommen, sauber gereinigt, ein Tröpfchen Öl reingetan und wieder alles fachgerecht zusammen gebaut. Aber die Maschine weigerte sich endgültig, etwas Normales zu tun. Dieses Problem hatte ich schon bei einem halben Dutzend Maschinen, die ich vorher gekauft hatte. Klar muss ich ehrlicherweise gestehen, dass es sich zwar um bekannte Marken wie Pfaff und Singer handelte, allerdings im unteren Preissegment eingeordnet, denn meine Sturheit will einfach keine teure Maschine kaufen. Es wird ja eh das meiste irgendwo in China gebaut, mal etwas besser und mal etwas schlechter. Da die Maschinen die Garantiezeit nie erleben, muss ich halt immer wieder einmal zu LIDL oder aber zu Carrefour, je nachdem, wo ich sie denn erstanden hatte. Heute war es also Carrefour. Ich rief vorgängig an und beklagte mein Problem. An der Stimme am anderen Ende der Leitung erkannte ich unschwer die netteste Kassiererin des Carrefours. Sie: „Bringen Sie den Kassenzettel samt Nähmaschine zum Carrefour, dort werden wir dann entscheiden, ob man sie reparieren lässt oder ob man Ihnen den Betrag erstattet." „Wie lange dauert denn eine allfällige Reparatur?" „Drei, vier Wochen müssen Sie schon Geduld haben." „Oh!" Am anderen Drahtende hörte ich nun: „Au revoir", also auf „Wiedersehen". Ich sagte ebenfalls „Au revoir" und hängte ein. Eigentlich hätte ich warten wollen bis Morgen, denn da musste ich eh nach Remoulins und zwar zum Zahnarzt. Ruedi meinte aber: „Geh doch gleich heute, denn es ist ja nicht so weit entfernt (vier Km)." „Warum eigentlich nicht, denn dann könnte ich auch gleich ein paar fehlende Lebensmittel kaufen." Als ich mit der eingepackten Maschine im Carrefour beim Empfang stand, kam die netteste Kassiererin, um mich zu bedienen. „Sind Sie wütend, wegen der langen Wartezeit falls die Maschine repariert wird?" „Nein, wieso?" und ich musste lachen wegen der etwas speziellen Frage. „Ich dachte nur, denn Sie haben ja einfach aufgehängt." „Ja,

Sie haben doch auf Wiedersehen gesagt und ich doch auch." Nun lachte sie lauthals! „Ich stand an der Kasse und bediente gerade einen Herrn, und dem sagte ich doch auf Wiedersehen und nicht Ihnen." Ich konnte es nicht lassen und spottete lachend, dass man eben nie zwei Dinge miteinander tun sollte, denn das führe meistens zu Verwirrungen. Die Kassiererin meinte noch, dass sie sehr wohl meine Stimme erkannt hätte, aber sie kenne meinen Namen nicht und konnte mich also nicht zurückrufen, denn es war ihr nun wirklich sehr peinlich. So kleine Begebenheiten bringen mich immer zum Schmunzeln und schmücken unseren Alltag mit Farbe. Ruedi und ich lachten, weil wir das System ja nicht anders kennen, aber weil wir auch wissen, dass es schon recht aussergewöhnlich ist, wie man hier mit Kunden umgeht. Die Hausbesitzer in Comps mussten die ganzen Apparate vom Schwimmbad erneuern. Wir meinten, dass es nun eine gute Gelegenheit wäre, um den netten Piscine-Anbieter in Remoulins zu berücksichtigen für die Installation und die Lieferung des nötigen Zubehörs. Dieser Anbieter hatte uns schliesslich während der letzten Jahre stets mit älterem, aber nicht mehr erhältlichem Material ausgeholfen. Er war stolz, dass er nun liefern durfte und wir sahen, dass er auch einiges vom Handwerk verstand. Die Hausbesitzer äusserten sich mehrmals dahingehend, dass sie von jeglichem Chlor Abstand nehmen wollten, denn es gab Allergiker in ihrem Haushalt. Unser Lieferant aus Remoulins sagte, dass dies kein Problem sei, denn man könne sich mit Meersalz behelfen. Es schien nun alles gesagt, und einige Zeit später wurden die bestellten Elemente geliefert und auch montiert. Nun allerdings war das Schwimmbecken stark verschmutzt, denn im Winter wurde es ja auch nicht benutzt. Ich bat den netten Chef des Unternehmens, dass man jetzt auch die Reinigung des Beckens vornehmen müsste und zwar mit dem Handfeger, weil der Hochdruckreiniger nicht sauber genug gereinigt hatte. Da baute sich der bisher so nette Mensch vor mir auf und donnerte: „Wir sind doch keine Hausfrauen, nein, da schmeissen wir am Ende eine ordentliche Portion Chlor rein, basta." Über meinen Einwand, dass dies doch nicht im Sinne der Besitzer sei, setzte er sich hinweg und meinte, dass die dies ja nicht sehen würden. Ich schluckte schwer, und letztendlich griffen Ruedi und ich zum Schrubber und putzten halt das gesamte Becken wie es ordentliche Hausfrauen so tun würden. Es war zwar ein tüchtiger Krampf, aber wir waren auch stolz, dass wir unseren Willen durchgesetzt hatten. Na gut, der nette Besitzer ging anschliessend in Rente, aber zuvor präsentierte er uns seinen Nachfolger, einen jungen Mann, dessen Ehefrau sich im Laden beschäftigen werde, hiess es. Der junge Mann musste noch zwei, drei Kleinigkeiten in Ordnung bringen und ich bestand darauf, dass dies gratis zu erfolgen habe. Zuerst versuchte er sich zu weigern, aber ich redete ihm ein, dass er schliesslich den Kundenstamm übernommen hätte und nun halt wohl oder übel auch in den sauren Apfel beissen müsse, um die versprochenen Garantiearbeiten zu leisten. Er war nicht so sehr begeistert, aber ich wusste, dass diese Kleinigkeiten ihn ja auch nicht gerade ruinierten. Wir hatten noch einen zusätzlichen Artikel im Laden bestellt. Die junge Frau bezifferte den Liefertermin mit einer Woche. Ich fuhr hin, um das Bestellte abzuholen. „Tut mir leid, wir sind noch nicht beliefert worden, bitte gedulden Sie sich noch eine Woche." Als ich zum verabredeten Termin wieder im Laden stand und sie mich erneut vertrösten wollte, bat ich sie, doch gleich beim Lieferanten anzurufen, um den genauen Termin zu erfragen, denn ich möchte nicht nochmals erfolglos wiederkommen. Nun rastete sie völlig aus. Sie kam auf mich zu, packte mich recht kräftig am Oberarm und schob mich bei der Ladentüre raus und sagte noch: „Mit Ihnen wollen wir nichts mehr zu tun haben." Ich war ja schon einiges gewohnt, aber eine solch rüde Behandlung hatte ich in meinem ganzen bisherigen Leben noch nirgends erhalten. Ich war stinksauer und hätte diesem Trampel ganz gerne die Pest an den Hals gewünscht, wenn es denn etwas verbessert hätte. Nun fuhren wir halt nach Marguerittes zum nächsten Piscine-Laden. Dort staunten Ruedi und ich, denn wir wurden mit ausgesuchter

Höflichkeit behandelt. Es schien, als würden doch noch ein paar nette Leute in südlichen Geschäften tätig sein. Nach Ruedis Herzinfarkt kontaktierten wir den Laden in Marguerittes und baten, dass man uns doch jemanden schicken solle, damit wir das Schwimmbecken für den Sommer fit machen könnten. Kein Problem, es wurde ein Termin vereinbart, und ein junger Bursche kam pünktlich für die entsprechende Eröffnung. Als er fertig war, verabschiedete er sich fröhlich mit den Worten: „Wir sehen uns im Herbst wieder, dann mache ich den Pool winterfest." Ruedi und ich waren begeistert, denn für einmal lief ja alles wie geplant. Das winterfest machen im Herbst verlief ebenso positiv wie das Eröffnen im Frühjahr, und wir waren sehr zuversichtlich für die kommende Zeit. Im nächsten Frühjahr versuchte ich beim Piscine-Anbieter in Marguerittes einen Termin für die Eröffnung zu bekommen. Es schien aussichtslos zu sein. Jedes Mal hiess es: „Für diese Woche ist das „Planning" schon voll und der neue Kalender für die nächste Woche ist noch in Arbeit". Nach dreimaligem Anrufen sah ich ein, dass ich so wohl nie ans Ziel kommen würde. Ich bat nun die Dame am anderen Ende des Telefons, mir doch einen Tag X in drei Wochen zu notieren, denn ich sei recht flexibel und könne mich dem zu Folge leichter anpassen. Sie war einverstanden und reservierte mir gleich zwei Tage, denn man wisse ja nie im Voraus, ob ein einzelner Tag genüge. Alles bestens aus meiner Sicht. Leider hatte Ruedi in der Zwischenzeit seinen zweiten Infarkt. Die geplante Piscine-Eröffnung fiel genau auf Ruedis Austrittstag im Krankenhaus. Ich rief also am Samstag im Schwimmbad-Geschäft an und erklärte, dass ich den Termin vom Montag nicht wahrnehmen könne, denn ich müsste mich um Ruedis Krankenhaus- Entlassung kümmern. Aber sie hatten mir ja zwei Tage reserviert, allerdings wusste ich nicht, ob Ruedi am zweiten Tag schon so weit hergestellt war, damit wir in Comps erscheinen könnten. Ich bat sie höflich, in Anbetracht der unvorhergesehenen Umstände doch den Termin um einen Tag zu verschieben. Am anderen Ende des Drahtes hatte ich einen verständnisvollen älteren Herrn, der mir versicherte, dass er alles umgehend so weiterleiten wolle und man werde mich am Montagabend anrufen, um das weitere Vorgehen zu besprechen. Ich holte Ruedi nach Hause und wartete auf den versprochenen Anruf. Es tat sich nichts. Gerade weil ich die grosse Vergesslichkeit der südlichen Bevölkerung schon mehrmals erfahren hatte, fing ich an zu zweifeln, ob es denn mit dem Versprochenen so klappen würde. Also rief ich beim Piscine-Laden an. „Nein, Sie haben keinen reservierten Termin." „Ja aber…bitte stellen Sie mich doch zum Patron durch." Nach kurzer Zeit konnte ich ihm mein Problem schildern. Er versprach mir, sein Personal zu befragen und mich dann zurückzurufen. Nach einer knappen Viertelstunde rief er an mit diesen Worten: „Wir werden nicht mehr mit Ihnen zusammenarbeiten, denn Sie waren unhöflich zu uns." Ich schluckte wieder einmal schwer. Was hatte ich wohl verbrochen? Gar nichts, man hatte derzeit einfach mehr als genug Arbeit, das war alles. Ein halbes Jahr später, als ich meine Mails checkte, glaubte ich, mich laust ein Affe, denn… Der Piscine-Laden bot seine Dienste an! Beim zweiten Werbe-Mail schrieb ich zurück, dass man mir doch bitte keine Werbung mehr senden solle, denn ich wäre ein zu unhöflicher Kunde für ihr Unternehmen. Es blieb ein halbes Jahr ruhig und ab und zu starteten die erneut einen Werbeversuch, den ich allerdings grosszügig übersehen konnte.

Wir haben so eine kleine digitale Wetterstation, die ich sehr mag. Nach dem Aufstehen fällt mein erster Blick auf die Wetteranzeige, wo mich vor allem die Temperatur interessiert, denn so weiss ich immer, ob ich eine dickere Jacke anziehen muss, wenn ich nach draussen gehe. Genau diese Station hatte heute den Geist aufgegeben. So entschlossen wir uns, in Uzès unseren Morgenkaffee zu trinken, um uns anschliessend nach einem neuen Wettergerät umzusehen. Wir waren uns einig, dass Pulsat der richtige Laden sein könnte, denn dort wurden wir eigentlich immer zuvorkommend bedient. Leider hatten die gerade kein solches Gerät am Lager, aber man könne bestellen und in einer Woche dürften wir das Teil abholen. Wir bestellten. Nach einer guten Woche standen wir wiederum im Laden und mussten etwas warten, denn es hatte ein Kunde ein paar Fragen, die beantwortet werden mussten. Ruedi und ich schauten uns derweil interessiert im Laden um. Ruedi: „Schau, da hat es ein ordentliches Bügelbrett und du benötigst doch ein neues." Ich näherte mich dem ausgestellten Modell, um es genauer anzuschauen. Ein herumstehender Verkäufer bemerkte mein Interesse und räumte das Zeug, welches sich auf dem Brett stapelte weg. Ich: „Das ist nicht das richtige, denn ich will kein drunter gebautes Körbchen." „Das kann man doch sicher wegnehmen", meinte nun Ruedi. Tatsächlich musste man diesen Korb nur ausklinken, aber es verblieb immer noch das Gestänge. Also erklärte ich dem Verkäufer, dass mir das Bügelbrett sehr wohl passen würde, aber ohne Gestänge und Korb. „Das kann man wegschneiden„", sagte er. „Gut, dann tun Sie das bitte." Er schaute etwas hilfesuchend durch den Laden und lief weg. Nach einiger Zeit kam er zurück und meinte: „ Wir haben gerade keine Zeit und kein entsprechendes Werkzeug, aber das können Sie doch zu Hause mit einer „Flex" ganz einfach selber erledigen." „Wie bitte, Sie glauben doch wohl nicht im Ernst, dass ich knappe 80 Euro für ein neues Bügelbrett hinblättere, um dann zu Hause mit einer „Flex" das Ding passend zu machen?" Er war stocksauer und sagte: „Was denken Sie sich eigentlich, man kommt doch nicht in einen solchen Laden, um die Leute anzupissen!" Aus diesem Handel wurde natürlich nichts. Wir holten die bestellte Wetterstation ab und schlichen von dannen. Ich war wieder einmal wütend über diesen Rüpel und Ruedi brummte in meine Richtung, dass man ja nicht so kompliziert sein müsste. „Wenn ich schon die Wäsche bügle, dann möchte ich dies auch mit einem mir passenden Bügelbrett erledigen. Das sollte eigentlich jeder normale Mensch verstehen, und ich gebe bestimmt keine 80 Euro aus, damit ich zu Hause mit einer „Flex" noch daran arbeiten muss". Einige Zeit später holte ich mir dann mein neues

Bügelbrett, natürlich in einem anderen Laden. Es passte auf Anhieb ohne Korrekturen und kostete erst noch knapp die Hälfte.

Ruedi und ich haben uns angewöhnt, jeden Tag entweder einen kleinen Ausflug mit dem Fahrrad oder zumindest einen Marsch von ungefähr fünf Kilometern in zügigem Tempo zu machen. Dieses Marschieren liebe ich sehr, denn man kann sich über dies und das unterhalten oder eben auch einträchtig schweigen. Es tut dem Kopf und der Seele gut. Wir lieben beide das Durchstreifen von Wald und Wiesen. Man geht über die ländlichen Unebenheiten hinweg so wie man das im Alltag des Öfteren auch muss. Heute sahen wir eine ziemlich grosse und auch etwas tiefere Wasserlache mit ein paar hundert Kaulquappen, die eilig in dieser Pfütze rumschwänzelten. Wir staunten über diese Winzigkeit. Jeden Tag drehten wir unsere Marschrunde und standen eine gute Weile bei der Pfütze. „Ruedi, wir müssen etwas unternehmen." Die Pfütze war nämlich deutlich kleiner geworden und gemäss den zuvor angesehenen Wetterprognosen war weit und breit kein Regen in Sicht. „Die Kaulquappen benötigen doch noch einige Zeit, bis sie Beine haben, um sich dann einen anderen Lebensraum zu suchen. Aber in zwei Tagen ist in dieser Pfütze kein Tropfen Wasser mehr und die winzigen Viecher gehen kaputt." Ruedi sagt nichts. „Weisst du was, wir retten diese Tierchen, indem wir immer Wasser zur Pfütze bringen." „Wie stellst du dir das vor, denn wenn wir Wassereimer ins Auto laden, sind die bei diesen holperigen Strassen längstens leer, bevor wir etwas bei den Fröschen reingiessen können." „Bei Carrefour verkaufen die doch Wasserkannen mit fünf Litern Inhalt. Ich fahre nachher gleich los und hole sechs von diesen Riesenflaschen, denn da sind Schraubdeckel drauf." „Wenn du meinst." Also holte ich nachher die sechs Kannen und schon am Abend, als es etwas kühler war, standen wir bei der Pfütze und gossen den Flascheninhalt dazu. Am nächsten Morgen füllten wir alle Flaschen und fuhren als erstes zur Pfütze, um sie darein zu leeren. Abends wieder das gleiche Spiel. Diese Wasserfahrten machten wir nun jeden Tag zweimal.

Die Kaulquappen schienen nichts gegen diese Feuchtigkeitszugabe zu haben, denn man sah keine gestorbenen Tierchen, nein, nach ein paar Tagen konnten wir bemerken, dass einige schon Beinchen hatten. Es war sehr schön anzuschauen, wie sich diese Daumennagel grossen Wesen nun hüpfend bewegten. In der Zwischenzeit hatte ich mich im Internet etwas über Frösche und Kröten erkundigt. Wir hatten uns zuvor auch noch überlegt, dass wir diese Winzlinge eventuell umsiedeln könnten, aber nun hatte ich gelesen, dass man dies nicht tun solle. Während gut zwei Wochen machten wir unsere regelmässigen Wasserfahrten. Jedes Mal konnten wir sehen, dass die Truppe kleiner geworden war, denn sobald die ihre Beinchen und eventuell auch etwas mehr Übung mit dem Hüpfen hatten, sahen wir sie in Richtung Gebüsch verschwinden. Es waren immer weniger Kaulquappen geworden und jetzt stellten wir den Wassertransport ein. Natürlich dachte ich mir, dass wohl kaum alle überleben, denn es gab genügend Vögel und andere Wesen, die sich bestimmt gerne so ein kleines Fröschchen einverleibten, aber das ist die Natur, denn jeder muss ja irgendwie satt werden. Bestimmt haben es ein paar wirklich geschafft und sind erwachsen geworden. In jedem Frühjahr zur Paarungszeit erfreuen wir uns am Quaken der Frösche nach einem Regentag. Ich könnte nie sagen ob es denn Kröten oder Frösche sind, denn ich kann deren Stimmen nicht zuordnen. Was ich sicher weiss ist, dass es eher mehr Kröten als Frösche hat, aber letztendlich ist es auch egal. Wenn man so eine kleine, braune Minikröte auf seiner Hand hält, muss man nur staunen, und die kühle Haut des Tierchens ist so zart und fein und gibt einem ein unwahrscheinlich schönes Gefühl Ich hielt schon so ein herziges Ding auf meiner Hand. Es war etwas grösser als ein Zwei-Euro-Stück, einfach unbeschreiblich und grossartig. Jedes Mal wenn wir zur ehemaligen Pfütze kommen, erinnern wir uns wieder an die kleinen Wesen. In diesem Jahr waren keine Kaulquappen zu sehen, aber wir hatten ja auch kaum Regen und von daher auch keine Pfütze. Es ist bis jetzt nur eine mehr oder weniger trockene

Kuhle zurückgeblieben. Aber wir können ja warten und hoffen, dass eventuell im nächsten Frühjahr wiederum Kaulquappen darin sind. Gerade hat mich der Chef des Carrefour- Markets angerufen wegen meiner defekten Nähmaschine. Ich schilderte ihm nochmals das „Malheur" und fügte auch an, dass es sehr enttäuschend sei, dass die Maschine nicht einmal sechs Monate nähen wollte. Da fing der gute Mann mit Erklärungen an, dass es mich beinahe vom Stuhl riss. „Ja, wissen Sie, es gibt immer wieder Kunden, die ihr Handy fallen liessen und dann ganz unverblümt auf Garantie pochen. Wenn dann das Werk uns mitteilt, dass der Kunde die Reparatur zu bezahlen habe, dürfen wir uns alle möglichen Verwünschungen anhören. Oder es gibt so unverfrorene Kundschaft, die mit einer leeren Flasche Champagner bei uns aufkreuzt und behauptet, dass der Champagner absolut nicht trinkbar gewesen sei". Ich kam aus dem Staunen gar nicht mehr raus. Als er endlich eine Atempause einlegte, merkte ich nun an, dass man eine Nähmaschine doch nicht mit diesen, von ihm erwähnten Dingen vergleichen könne. Er markierte den absoluten Boss und widersprach vehement. Nun platzte mir der Kragen und ich fragte: „Haben Sie eigentlich schon einmal eine Nähmaschine angeschaut?" Er etwas verblüfft und kleinlaut: „Nein." „Das merkt man, denn eine Nähmaschine kann man nicht so leicht fallen lassen und trinkbar ist die auch nicht. Seit meiner Schulzeit bediene ich Nähmaschinen und deren Bedienung hat sich bis heute kaum verändert." „Ja, dann haben Sie ja nichts zu befürchten, wenn wir sie reparieren lassen." „Ja, tun Sie das endlich ohne weitere Erklärungen." Einen knappen Monat später stand ich gerade nach getätigten Einkäufen an der Kasse bei Annemarie, der netten Kassiererin. Sie sagte zu mir, dass ich mich am Empfang melden solle wegen meiner Nähmaschine. Kurze Zeit später stand ich dort und man teilte mir mit, dass ich 43 Euro und ein paar Cents zu bezahlen hätte, denn ich hätte die Maschine geöffnet oder unsachgemäss benutzt. Jetzt war es endgültig vorbei mit meiner Langmut. Ich habe Stoff genäht und nicht mehr und nicht weniger. Zudem bin ich eine technische Niete und wüsste gar nicht, wie ich ein solches Gerät öffnen sollte und vor allem wozu. Geputzt und geölt habe ich sie regelmässig, wie man das halt so machen soll, das sei alles. Und übrigens könnten sie sich an LIDL ein Beispiel nehmen, denn dort bekommt man entweder eine neue Maschine oder der bezahlte Betrag wird erstattet. Bei denen muss ich mir keine Vorträge über geleerte Champagnerflaschen und fallengelassene Handys anhören. Auf alle Fälle wäre ich nicht bereit diesen Betrag zu bezahlen, denn die Garantie sei noch nicht abgelaufen. Ich war offenbar ziemlich beeindruckend, denn es hörten mir die Empfangsdame und der Stellvertreter des Ladens zu. Beide schienen zu begreifen, um was es da ging, denn sie versprachen, dass sie am Nachmittag mit dem Chef sprechen wollten. Drei Tage später wurde ich von der Empfangsdame angerufen, dass ich meine Nähmaschine abholen könne, ohne dafür zu bezahlen. Super, geht doch. Aber…Am übernächsten Tag wollte ich mit der reparierten Maschine nähen. Ich hatte eine Heidenmühe, bis ich sie endlich aus den vielen Plastikschichten geschält hatte, denn sie war ja vorgängig mit dem Gepäckkurier unterwegs. Bevor ich mit Nähen loslege, spule ich gleich drei kleine Spulen für den Unterfaden voll, nahm ich mir nun vor. Ja, was war das denn? Ich konnte die kleine Spule unmöglich auf dem dafür vorgesehenen Ärmchen befestigen, denn dieses war total schief. „Verdammt, jetzt geht das ganze Theater von vorne los", brumme ich so vor mich hin. Ich bin gespannt, welche Ausreden man beim Carrefour dieses Mal parat hat. Bevor ich zu Carrefour fahre, lese ich noch kurz, was sich in der Region so tut. Oh, da steht, dass es am Sonntag eine „Transhumance" gibt und zwar sollen viele Schafherden auf die Alpen gebracht werden. Die meisten werden mit grossen Tierlastwagen in die Richtung der Sommeralpen gefahren und das letzte Stück bewältigen die Herden dann noch zu Fuss, und das wäre eben auch das Spektakel für die Zuschauer. Ich konnte lesen, dass man in einem kleineren Ort, ein halbes Dutzend Kilometer unterhalb des Mont Aigouals, mit 10'000 Besuchern rechnete und natürlich mit ein paar tausend Schafen. Ich erzählte Ruedi von dem Ereignis und fragte: „Was meinst du, wollen wir uns das einmal anschauen?" Natürlich war er begeistert. Ich schaute also die Entfernung auf der Landkarte nach, und wir machten uns am Sonntag früh auf den Weg. Fahrzeit sollten wir ungefähr gute drei Stunden haben. Frohgemut fuhren wir los und gönnten uns unterwegs einen kleinen Kaffee mit einem Croissant. Ich fahre in den letzten Jahren immer selber, denn Ruedi hat ein unlösbares Problem mit den Augen. Am Anfang fand ich alles wunderschön, interessant und einfach herrlich. Doch es ging immer mehr in die Höhe, die Strasse wurde schmaler und die Kehren häufiger. Ich bin zwar in den Schweizerbergen geboren und aufgewachsen, aber ich fühle mich in der Höhe sehr unwohl. Auf unserer Fahrt fand ich plötzlich, dass ich die Baumwipfel auf Augenhöhe hatte und das gefiel mir überhaupt nicht, denn rechts ging es ganz schön steil runter. Zum Glück war nicht sehr viel Verkehr, und den anderen Aufwärtsfahrenden erging es offensichtlich wie mir, sie bekamen das grosse Flattern. Also schlichen und quälten wir uns im kleinen Verband in die Höhe. Ich sagte noch zu Ruedi, wenn ich das geahnt hätte, hätte ich vermutlich diesen Schafauftrieb sausen lassen. Er ist da genau das Gegenteil zu mir, denn er liebt die Berge und die steilen Hänge und bekommt höchstens wegen meinem langsamen Fahrstil das Flattern. Endlich, geschafft! Zum Glück waren noch wenige Autofahrer da und wir fanden problemlos einen Parkplatz. Zu Fuss erkundeten wir nun den kleinen Ort und staunten. Es gab bestimmt 50 Marktaussteller, die ihre Waren präsentierten. Natürlich handelte es sich bei den ausgestellten Sachen mehrheitlich um Produkte mit Schaf-Akzent. Wenn ich mir da die rauen Pullover aus Schafwolle ansah, fing mein Körper bereits an zu jucken. Es gab Schellen, Gurte, Käse, Fleischwaren und vieles andere mehr. Wir genossen nochmals einen Kaffee und ich sprach einige Menschen an, um näheres über die Ankunft der Schafe zu erfahren und vor allem, von welcher Seite die denn kommen sollten. Die meisten Angesprochenen hatten nicht mehr Ahnung als ich, und so sagte jeder etwas anderes. Unbrauchbar. „Komm, Ruedi, wir spazieren nochmals ein bisschen durch die Strasse, vielleicht erfahren wir dann doch noch das Wichtigste." „Da, schau, die Weide ist eingezäunt mit dem typischen Schafzaun", sagte Ruedi gerade. Wir näherten uns der Umzäunung. „Ich bin mir sicher, dass die Schafe hierhin kommen und dann auch da bleiben" meinte Ruedi. Wenn es um Tiere oder Pflanzen geht, hat Ruedi eine riesengrosse Ahnung, denn das sind Themen, die ihm unendlich viel bedeuten. Wenn er sich über Tiere oder Pflanzen äussert, glaube ich ihm so ziemlich alles, denn ich weiss es bestimmt nicht besser. Wir stiegen etwas den Hang hoch und setzten uns ins Gras. Etwas weiter weg konnten die Kinder allerlei Spiele machen und Pony reiten. Eine jüngere Frau zeigte mit ihren Hunden, wie so ein richtiges Hundetraining aussieht und welche Dinge die Vierbeiner denn können müssen, um später als Schafhüter zu helfen. Jetzt... Lautes Gebimmel und ebenfalls laute Rufe ertönten und schon flitzten ein paar hundert Schafe in die eingezäunte Weide. Wahnsinn, das war ein Gewusel. Die meisten Schafe waren beige/weiss und trugen zum Teil blaue und rote Riesen-Bommeln aus Wolle auf ihrem Rücken. Einige hatten nur eine farbige Nummer aufgesprayt. Einmalig interessant! Wir schauten dem gemeinsamen Fressen noch eine Weile zu und machten uns dann selber auf, um etwas Essbares zu suchen. „Oh, lecker, das riecht ja gut." Sobald jemand irgendwo ein Stück Fleisch auf den Grill legt, schlägt mein Magen vor lauter Freude grosse Purzelbäume. „Ruedi, was meinst du, wollen wir uns diesen Grill aus der Nähe ansehen?" Seine Begeisterung hielt sich zwar in Grenzen und trotzdem marschierten wir in die wohlriechende Richtung. Wir erkundigten uns nach einem gegrillten Stück Fleisch. Jetzt fingen die Schwierigkeiten auch schon an. „Da müssen Sie zuerst ganz vorne an der Strasse ein Ticket holen, anschliessend kommen Sie zurück damit wir Ihnen einen Sitzplatz reservieren und ab 12.00 Uhr können Sie dann mit dem Essen beginnen". „Aha, danke." „Ruedi, komm, so kompliziert wollte ich eigentlich nicht essen, suchen wir uns einfach ein Sandwich, das stillt den Hunger schliesslich auch. Wir bestellten an einem Stand ein Sandwich mit Wurst aus Camargue-Stier-Fleisch. Es fiel allerdings etwas kläglich aus, und schmecken tat es auch nicht, denn das Wurstinnere war recht zäh. Egal, die Ankunft der nächsten paar hundert Schafe lenkte uns reichlich ab von unserem Mittagessen. Ich staunte wieder und wieder über die farbigen Bommeln und in Gedanken sah ich schon mein neues Projekt. Wir kauften uns noch würzigen Käse und beschlossen den Heimweg anzutreten, denn wir hatten ja nun viele Schafe gesehen. Runterfahren ging deutlich besser und ich war ganz platt, dass es eigentlich gar nicht so schlimm gewesen war wie ich befürchtete. Als wir wieder zu Hause waren, musste ich Ruedi unbedingt von meiner neuen Idee erzählen, denn.., oberhalb von Lédenon gibt es eine grosse, wunderschöne Ebene mit herrlichem Ausblick und prächtiger „Garrigue". Wir sind fast jeden zweiten Tag dort oben zum Radfahren oder zum Marschieren. Es hat -zig, zig Feldwege, und oft treffen wir die Schafhirten mit ihrer Herde. In den letzten Jahren streifen die zwei, drei Schafhirten mit ihren Herden von je 300 Tieren öfter durch die Felder und die Garrigue, denn die Schafe sind natürliche Rasenmäher und dienen somit der Waldbrandbekämpfung. Wir kennen einige Schafhirten ein bisschen, denn jedes Mal unterhalten wir uns mit ihnen. Letztes Jahr hütete ein Hirte die Schafe, welcher nicht unbedingt immer alles im Griff hatte, denn wir „fanden" immer wieder einzelne Schafe, die orientierungslos umherirrten. Wir benachrichtigten jeweils den Hirten, und er machte sich auf die Suche, um das verlorene Schaf einzufangen. An einem Sonntag marschierten wir wieder einmal dort oben, und schon kam uns die bimmelnde Herde entgegen. Als alle vorbei waren, sah ich einen schneeweissen Fleck hinter einem Gebüsch. „Ruedi, schau, ein neugeborenes

Lämmchen, bleib du bei ihm stehen, nicht dass ein nicht angeleinter Hund es aufstöbert. Ich renne derweil zum Hirten." Ich hetzte so schnell ich konnte, der Herde hinterher. Ich schrie wie am Spiess und wedelte mit den Armen, damit der Hirte endlich aufmerksam wurde. Er pfiff ein paarmal, damit die Hunde wussten was zu tun war und kam dann mit mir, um das kleine Lämmchen abzuholen. Er steckte es unter seine Weste und machte sich wieder auf zur Herde die in der Zwischenzeit von den Hunden gehütet wurde. Ein anderes Mal kam uns ein einzelnes ausgewachsenes Schaf entgegen. Da ich keine Telefonnummer der Hirten hatte und auch deren Namen nicht kannte, konnte ich erst etwas unternehmen, als wir wieder zu Hause waren. Ich rief beim Gemeindeamt von Cabrières (Nachbargemeinde von unserem Ort) an und erzählte meine Geschichte. Man werde sich kümmern und den Hirten informieren. Am Abend rief dann ein Hirte an und ich musste ihm beschreiben, wo wir denn den wolligen Ausreisser gesehen hatten. Er gehe ihn suchen. Ein paar Tage später erzählte er uns, dass er das Schaf wohlbehalten gefunden habe. Wieder einige Zeit später kamen wir an einem Gehege vorbei, in welchem die jüngsten Lämmchen untergebracht wurden, denn die waren noch zu schwach, um mit den Grossen Schritt zu halten. Ein jämmerliches Blöken begrüsste uns, denn man hatte tatsächlich ein Lämmchen vergessen. Dieses Mal hatte ich die Hirtennummer gespeichert und rief umgehend den Hirten an. Er mache sich gleich auf den Weg, beschied er uns. Wir blieben beim Gehege stehen, denn es fing an dunkel zu werden. Endlich kam der Hirte mit seinem Jeep und einem Anhänger und sammelte das blökende Wesen ein. Jedes Mal bedankten sich die Hirten überschwänglich. Jetzt musste ich Ruedi endlich von meinen Plänen erzählen. „Weisst du, ich dachte, dass ich im Winter doch eine ganze Tüte voller farbiger Bommeln produzieren und sie dann im Frühjahr an die Hirten verschenken könnte." „Da bleibe ich aber dann zu Hause, wenn du die Tüte überreichen wirst", waren seine ermutigenden Worte. Ich überdachte meine Idee nochmals und befand sie zwar immer noch für gut, aber eventuell wäre es gescheiter, meine Spende vorgängig bei den Hirten zum Thema zu machen. Männer sind manchmal so richtige Spassbremsen. Die Hirten zeigten wenig Freude und meinten, dass dies eher so ein Brauch von anderen Regionen sei. Na halt, wer nicht will, der hat schon. Ich legte meine Idee vorerst auf Eis. Irgendwann finde ich schon noch einen Hirten welcher sich über Bommeln freuen wird.

Ich fuhr nun endlich zu Carrefour, um meine Nähmaschine zu präsentieren. Ich hatte wiederum Françoise am Empfang und bat sie, sich das schiefe Spulenärmchen anzusehen. Sie war baff! „Ich habe mir doch die Maschine beim ersten Mal angeschaut, und da stand das Ärmchen schön gerade wie es sein sollte. Haben die bei Singer das Teil verkehrt herum eingesetzt? Das gibt es doch nicht. Sie trifft doch keine Schuld. Wissen Sie, was die sich erlaubten zu schreiben? Nein, Sie hätten nicht Original-Nähnadeln verwendet. Also ich finde das eine ausgesprochene Frechheit, finden Sie nicht auch?" Ich konnte ihr nur beipflichten, denn an einer allgemeinen Nähmaschinennadel scheitert keine Maschine. Sie versprach sich wieder einmal mit dem Direktor zu unterhalten. „Und ich verstehe Ihren Unmut nur allzu gut," setzte sie noch hinzu. „Sicher werde ich mir kaum mehr ein Gerät bei Carrefour kaufen, denn die Abwicklung in einem Pannenfall ist mir denn doch zu kompliziert und vor allem zu langfädig." Dies waren meine Abschiedsworte, denn ausser um Geduld bitten konnte Françoise auch nichts tun. Ich war zumindest so erfreut, dass für einmal ein Mensch mir gegenüber stand, der meinen Ärger verstehen konnte und der sich aufrichtig bemühte, die Dinge zum Positiven zu wenden. In solchen Momenten sage ich mir immer, dass es ja weit schlimmeres gibt auf dieser Erde und sich durch aufregen die Dinge auch nicht verbessern. Ein kleiner Trost ans eigene Ego. Nun ja, jetzt will ich noch einkaufen, denn in einer knappen Woche kommen unsere Nachbarn zum Abendessen. Sie hatten sich das Haus gegenüber von uns gekauft und sie sind höchstens zweimal pro Jahr zwei, drei Wochen dort in Urlaub. Als wir unser

Haus fertig gebaut hatten dachte ich mir, dass ich sie doch zu einem Apéritif bitten könnte, um ihnen anbei unser Haus zu präsentieren. Ich fand diesen Gedanken wichtig, denn wir sehen bei ihnen direkt in den Innenhof, denn unsere Haustüren sind nur gerade durch ein schmales Strässchen getrennt. Ich dachte mir, dass sie so selber sehen können, wieviel wir von ihrem Eigentum einsehen können. Dieser Apéro war der Beginn einer wunderbaren Freundschaft. Sie fanden die Geste sehr schön und verabschiedeten sich mit den Worten, beim nächsten Mal wären wir dann bei ihnen zu Gast. Tatsächlich waren dies keine leeren Versprechungen, denn ein halbes Jahr später hiess es: „Heute Abend kommen Sie zu uns zum Abendessen." Ich bedankte mich und sagte: „Darf ich Sie etwas ganz blödes fragen"? „Nur zu!" Ich erzählte, dass ich gehört hätte, dass man nach Knigge bei französischen Einladungen nie pünktlich sein solle, denn ansonsten würde man den Gastgeber verärgern. „Oh nein, das stimmt so nicht, wir sind selber gerne pünktlich und erwarten dies auch von unseren Gästen", erhielt ich zur Antwort. Jetzt konnten wir uns aufrichtig freuen. Ach, das wurde ein vergnüglicher Abend, denn die beiden Menschen sind blitzgescheit und sehr weltoffen. Geneviève sagte gerade letztens, dass sie die Mentalität der hier lebenden Bevölkerung nicht verstehen könne. Sie sei zwar auch in dieser Gegend geboren und aufgewachsen und dennoch fehle ihr das Verständnis. Viele seien äusserst faul und träge und hielten sich nicht an Abmachungen. Zudem seien sie unordentlich und hätten keinen Sinn für Sauberkeit und sie würden sich am Liebsten immer nur einschliessen. Das ist doch kein Leben, ergänzte sie noch. Ich musste ihr mehrheitlich beipflichten, denn wenn wir Freunde fanden, dann waren es bis jetzt immer Menschen aus anderen Departementen, die auch hier leben. Geneviève und Armel sind beide zwei, drei Jährchen älter als wir, und sie waren Professoren an verschiedenen Universitäten. Sie unterrichteten beide Geografie, Geneviève zusätzlich noch Chemie. Sie hätte eigentlich gerne Medizin studiert, bloss war das zu ihrer Zeit für eine Frau kaum möglich. Jedenfalls verging der äusserst interessante Abend wie im Flug, und Ruedi und ich mussten lachen, dass wir nur einen Heimweg von ein paar Metern hatten, denn wir gingen bei einer Türe raus, überquerten das Strässchen, um gleich bei der anderen Türe einzutreten. Wir luden uns nun immer wechselweise ein. Manchmal baten wir noch ein befreundetes Schweizerpaar dazu, um das Ganze noch spezieller zu machen. Die beiden Professoren sind sehr an Schweizer Spezialitäten interessiert. Allerdings sind sich die beiden Küchen sehr ähnlich und ich musste mir jedes Mal tüchtig Mühe geben, um eine wirkliche Spezialität auszugraben. Für dieses Mal nahm ich mir etwas vor, das zum Herbst passen könnte. In der Schweiz gibt es im Herbst überall etwa Wildgerichte, das heisst auch einen Wildpfeffer. Allerdings ist Wild in Südfrankreich fast nur zu Weihnachten erhältlich und wird in Restaurants kaum angeboten. Ich sagte mir, dass man sich da irgendwie anpassen könnte. Ich machte also einen Rindspfeffer, dazu Rotkraut mit einem halben Apfel, Knöpfli, wie sie meine Mutter jeweils kochte. Eingangs gab es eine Gemüsesuppe, damit wir auch etwas Vitaminreiches und Gesundes hatten und zum Nachtisch Vermicelles (Marronenpurée in Form von Spaghetti gepresst) mit Vanilleeis und Schlagrahm. Natürlich erzählte ich, wie man sich in meiner Jugend auf die ersten Wildangebote und die ersten Vermicelles freute. Da ich einige Jahre im Gastgewerbe tätig gewesen war, konnte ich diese gemachten Erfahrungen zum Besten geben. Diese Spezialitäten gab es meistens nach dem Eidgenössischen Dank- Buss- und Bettag, der so ca. um den 20. September rum liegt. Die beiden genossen Essen und Erzählungen und unterhielten uns auch mit einigen Schwänkchen aus ihrem Leben. Ruedi sagte immer, dass die beiden ein ordentliches Französisch sprechen und dies auch langsam und pointiert taten, sodass er ganz gut verstehen könne, von was die Rede ist. Man merkt natürlich bei den Beiden, dass sie ihren Studenten auch etwas beibringen wollten und sich somit auch entsprechend einsetzten, damit man sie auch verstand. Armel hat viel Witz und

Humor und trägt immer etwas zur allgemeinen Erheiterung bei. Geneviève lässt ihn immer gewähren und schmunzelt mehrheitlich leise vor sich hin, bis sie dann im geeigneten Moment selber etwas einbringt. Armel sagte zu uns: „Wir Franzosen lieben es, wenn man den Staat oder die Gendarmen so richtig „Rouler" kann. Ich fand den Ausdruck himmlisch, denn wer mag nicht den Staat oder die Gendarmerie „Rollen" oder besser etwas veräppeln. Armel erzählte, dass er einmal eine Busse eingefahren habe. Natürlich stand das Radargerät an einer ungefährlichen Stelle, denn die Polizei wollte hier eigentlich nur ordentlich Kasse machen. Es sei ihnen auch gelungen. Er hätte jedenfalls seinen Fahrausweis für acht Tage abgeben müssen. Als er bei der Präfektur vorgesprochen habe, hätte er seinen Augen nicht getraut, denn dort standen hunderte von Menschen Schlange, und man hätte meinen können, dass irgendetwas gratis abgegeben werde. Allerdings kam ihm der Führerscheinentzug nicht gerade zu pass, denn wie sollte er künftig zur Universität, um seine Studenten zu unterrichten? Jetzt musste Geneviève einspringen und den Fahrdienst übernehmen. Sie fuhr sehr gerne Auto und sie fuhr auch gerne etwas zügig durch die Lande, wie sie erwähnte. An einem Morgen, es sei ein bisschen neblig gewesen und sie etwas schnell unterwegs: Gerade hatte sie ein Auto überholt und nahm die nächste Kurve etwas gar schwungvoll. Oh Schreck, dieses Auto setzte das Blaulicht und forderte sie zum Anhalten auf. Armel sagte noch zu ihr, jetzt spielst du einfach die Idiotin, denn anders kommst du aus der Nummer nicht mehr raus. Sie hielten und ihre Papiere wurden kontrolliert. Eigentlich alles in Ordnung, ausser die überhöhte Geschwindigkeit. Armel sagte noch zu den Gendarmen, dass er die Versicherungen für das Auto bezahle. Der Gendarm hätte ihn nur ganz mitleidig angesehen und mit einem schiefen Seitenblick zu Geneviève gesagt: „Ja da haben Sie allerlei zu tragen und zu bezahlen, Sie sind wirklich nicht zu beneiden." Die ganze Geschichte endete mit einer Busse wegen zu schnellem Fahren, aber auch die sei noch moderat ausgefallen. Die beiden konnten sich auch heute noch kaum einkriegen vor lauter Lachen, und sie amüsierten sich immer noch über das mitleidvolle Verhalten des Ordnungshüters. Geneviève gestand nun, dass sie heute kaum mehr Auto fahre, denn es gäbe mittlerweile zu viele Gesetze und zu harsche Kontrollen. Jetzt hätte man auch noch das Fahren auf den Landstrassen mit 80 Kmh begrenzt, das sei nicht mehr lustig und man riskiere dabei einzuschlafen. Ich für meinen Teil habe im Moment das Gefühl, dass nicht ich die Gendarmen „rollen" kann, sondern dass die mich „rollen" wollen. Wir kamen Anfang September aus unserem Urlaub aus Deutschland zurück. Ich hatte, wie jedes Jahr, bei unserer Poststelle in Remoulins einen Kurier-Hüte-Auftrag deponiert. Kostenpunkt für diesen Service knappe 30 €. Gut, am Montag sollte mir die einbehaltene Post überbracht werden. Es klingelte kurz vor Mittag und die Briefträgerin übergab mir ein dünnes Bündelchen. „Ist das alles", fragte ich sie. „Ja, hätten sie gerne mehr gehabt?" „Normalerweise ist es tatsächlich etwas mehr." „Nein, das ist alles, was wir aufbewahrten." Ich war nicht ganz zufrieden, aber ich konnte ja nicht mehr von der guten Frau rauspressen. Zwei Wochen später ging Ruedi zu unserem Briefkasten und kam mit einem ordentlichen Packen Post nach oben. Wir hatten mehr als ein halbes Dutzend Briefe erhalten plus drei Magazine. Die Briefe waren natürlich Rechnungen, und jeder Umschlag war mit einem knallroten Etikett versehen. Dummerweise war auch eine Busse dabei, die ich an unserem Ferienabreisetag eingefangen hatte. Sechs Nettokilometer zu schnell gefahren, so zumindest hatte es das Radargerät notiert. Kostenpunkt 90 €, wenn man die Busse innerhalb von zwei Wochen bezahle, hiess es da. Natürlich waren diese zwei Wochen längstens vorbei. Auch beim nächsten Schritt von einem Monat, der mich 165 € gekostet hätte, war die Frist abgelaufen. Ich machte mich am Nachmittag sofort auf zur Poststelle. Ganz naiv zeigte ich einen Umschlag, der mit diesem roten Etikett versehen war, vor und fragte: „Was bedeutet dieses Etikett eigentlich?" „Sie sind ja umgezogen, daher dieses Etikett." „Ich wohne aber noch an der gleichen Adresse wie bisher, bin also nicht umgezogen." „Ich gehe den Chef holen", sagte mein Gegenüber. Nach längerem Warten stand nun der Chef persönlich vor mir. Ich erklärte ihm, dass ich nur einen Antrag zum Einbehalten der Post unterschrieben hätte. „Moment, ich gehe mal nachschauen." Nach einer Viertelstunde kam er zurück. „ Unsere Aushilfe hat einen Fehler gemacht, denn sie wusste nicht, wie sie sich zu verhalten hatte, also sandte sie Ihre gesamte Post wieder zurück zum Verteilzentrum, und diese kam jetzt endlich wieder zu uns, damit wir sie ihnen zustellen konnten". Ich sagte ihm, dass ich erwarten würde, dass er mir sämtliche Umschläge stempeln und unterzeichnen müsse, damit ich bei allfälligen Anmahnungen der Rechnungsbeiträge aus dem Schneider sei. Er wand sich eine ganze Weile, bis ich ihn endlich zum Handeln überzeugen konnte. Hier ist es ja so, dass man beim verspäteten Zahlen der Rechnungen schnell mal 10 % Zuschlag auf dem geforderten Betrag hat, und diese Mehrausgaben wollte ich eben verhindern, denn schliesslich hatte ich nichts falsch gemacht. Endlich konnte ich mit meinen abgestempelten Umschlägen den Heimweg antreten. Aber ich hatte mich zu früh gefreut, denn die Gendarmen liessen nicht locker. Ich hatte zwar meine Busse sofort bezahlt, und dass es mich einen Punkt kosten würde bei der Präfektur, konnte ich eben auch nicht ändern. Aber ein paar Tage später traf mich beinahe der Schlag. Schon wieder hielt ich einen Bussbescheid in den Händen, aber dieses Mal mit der mehr als zehnfachen Summe. Es wurde anbei noch angemerkt, dass mich dieser Bescheid keine Punkte kosten würde. „Was zum Teufel ist denn da los?" Ich setzte mich erst mal hin und verglich die erhaltenen Formulare mit dem eben erst bezahlten Bussbescheid. Datum, und Rechnungsnummern waren identisch und ich hatte keine Ahnung, was mir da geschah. Ich rief bei der angegebenen Nummer bei der Polizei in Rennes an. Ich hatte einen sehr netten Menschen am Apparat und schilderte ihm mein Elend. „Wissen Sie, Sie sind ja noch als Geschäft eingeschrieben und da bekommen sie nun halt zwei Bussen für das gleiche Vergehen, denn in 2017 wurde das Gesetz geändert, denn zuvor wurde viel Schindluderei betrieben mit diesen Bussen." Vorher hätten die Chefs oft genug auf Beeilung gedrängt bei ihren Angestellten und hätten diesen auch die Bussen für zu schnelles Fahren bezahlt. Heute gehe dies natürlich nicht mehr so weiter, denn der Schnellfahrer wird gebüsst wie bis anhin, aber die Firma bekomme nun selber auch eine Busse, die deutlich höher ausfalle als diejenige für den Angestellten. Er sprach mir Mut zu und meinte, dass ich mir keine Sorgen machen müsse, denn alles würde sich aufklären. Er beauftragte mich nun, Fahrzeug- und Führerschein zu kopieren und einen Brief mit den Erklärungen, die ich ihm gerade geliefert hätte, zu schreiben und dann alles per Einschreiben und Empfangsschein ans entsprechende Ministerium zu senden. Ich war deutlich getrösteter und setzte mich hin, um diesen Begleitbrief zu verfassen. Als ich schon glaubte, dass alles geregelt sei, erhielt ich ein unscheinbares Kuvert vom Ministerium. Man akzeptiere meine gemachten Einwände nicht, denn sie seien nicht regelkonform auf dem entsprechenden Formular gemacht worden, hiess es da in dürren Worten. Also griff ich wieder zum Telefon und rief in Rennes bei der Polizei an. Dieses Mal hatte ich eine nette, sehr verständnisvolle Frau am Apparat. Sie schien sehr gut zu verstehen, was ich denn meinte und sie schien auch zu spüren, dass ich eigentlich kein grosser Übeltäter war. Ich erklärte noch, dass wir doch seit ein paar Jahren Rentner seien, und dass dieser Geschäftseintrag noch ein Überbleibsel aus früheren Jahren sei. „Also, legen Sie sämtliche Papiere wie Steuerbescheinigung, Rentenauszüge und anderes mehr bei und dann schreiben Sie in etwa folgenden Text. Ich bat sie, mir diesen Text langsam zu diktieren, damit ich mit dem genauen Niederschreiben auch mitkomme. Nach unserem Gespräch setzte ich mich wieder hin, verfasste meinen Text und suchte alle möglichen Papiere zusammen, um diese zu kopieren und dem Schreiben beizulegen. Wiederum ging alles per Einschreiben ans zuständige Ministerium. Ob man mir glaubte oder nicht, weiss ich bis heute nicht, ich kann nur hoffen. Nur eine gute Woche später erhielt ich wieder so ein vermaledeites Kuvert. Dieses Mal hatte es mich im Nachbardorf mit einem Nettokilometer geblitzt. Kostenpunkt: die obligaten 45 € und einen verlorenen Punkt. Ich konnte mein Pech kaum fassen, denn bis heute war mir solches noch nie geschehen, denn jede Busse ist für mich falsch investiertes und verlorenes Geld. Bis jetzt fuhr ich so alle zwei, drei Jahre eine Busse ein, aber doch nicht alles auf einmal. Ich zweifelte bereits an meinem Fahrverhalten und erkundigte mich, was man denn tun könnte, um die Punkte zurückzukaufen. Es hiess. man müsse bei einer spezialisierten Fahrschule ein paar Fahrstunden nehmen und diese würden natürlich einiges kosten. In meinem Hinterkopf wurden diese Äusserungen gespeichert und ich kann mir vorstellen, dass ich darauf zurückgreifen werde, denn Fahrstunden in meinem Alter zu nehmen, scheint mir gar nicht mal so abwegig, denn im Laufe der Jahre haben sich mit Garantie einige Unarten eingeschlichen. Beim Erhalt des neuesten Bussbescheids wollte ich keinen Fehler machen. Ich rief bei der Fiat Garage in Bagnols an, wo wir in 2017 unser Auto kauften. Die nette Sekretärin meinte, dass dies kein so grosses Problem sei und ich dürfe mit meiner Busse gerne bei ihr vorbeikommen und sie werde mir zeigen, wie man das Ganze richtig angehe. Ich musste eh noch neue Scheibenwischer haben für den Fiat und machte mich nach zwei Tagen auf zur Garage. Die Scheibenwischer wurden ratzfatz ausgetauscht und die Sekretärin half mir bei der Busse, das Kreuzchen an der richtigen Stelle zu machen. Es schien, als hätte ich beim zweiten Mal alles richtig gemacht. Denn der beigelegte Chèque wurde bereits eingelöst.

Der sonntägliche Flohmarkt, den ich jeweils schon am Samstagabend begann, legte sich mir langsam aber sicher quer in den Magen. Jahrelang war dies mein High-light der Woche und falls Regenwetter angesagt war, wurde ich mehr oder weniger unausstehlich. Dieser Flohmarkt bedeutete mir unendlich viel, denn ich konnte mich mit Gleichgesinnten austauschen, und vor allem freute ich mich über jeden erhaltenen Euro. Ich bin seit ewig eine richtige Krämer- und Händlerseele. Als kleines Mädchen beim Spielen war es doch meistens „Verkäuferlis", später, als fast erwachsenes Mädchen, verdiente ich das erste Geld in einem Krämerladen und nun seit unserer Auswanderung war es eben der Flohmarkt. Es war ein Hobby oder vielmehr eine grosse Leidenschaft. Doch seit Ruedi seinen schweren Infarkt hatte, konnte ich mich nicht mehr richtig an diesem Hobby freuen, denn Angst und Unruhe bezüglich Ruedis Gesundheit beherrschten mein Denken. Claudine sah mein Dilemma und sie schlug vor, dass sie jeweils am Samstagabend alleine zum Markt fahren werde, um unsere Plätze zu belegen. "Du kommst dann einfach am frühen Morgen dazu", ergänzte sie. So machten wir es dann auch einige Zeit. Leider half alles nichts, meine Unruhe und mein Kummer blieben. Ruedi rief mich nun jeden Sonntag an, sobald er aufgestanden war. Einesteils vereinfachten diese Anrufe das Ganze und doch… Wenn Ruedi morgens aufsteht, so seufzt und stöhnt er oft und ich habe keine Ahnung warum. Wenn ich ihn dann frage: „Hast du ein Problem oder geht es dir nicht gut?" Seine Antwort ist fast immer: „Doch, alles in bester Ordnung!" Als er mich aber jeweils am Sonntagmorgen anrief, konnte ich ihn ja nicht sehen, sondern nur hören. Je nachdem, wie viele Seufzer ich da mitbekam oder auch andere nicht richtig einzuordnende Geräusche, stieg mein Sorgenpegel wieder ins uferlose. Auch spürte ich, dass ich sehr unkonzentriert war beim Verkaufen, und dass mich einige Kunden zu nerven anfingen. Ganz einfach zusammengefasst spürte ich, dass meine grosse Freude von früher wie ein Aschehäufchen vor mir lag. Ich überlegte ein paar Wochen hin und her, und eines Tages sagte ich zu Ruedi: „Ich höre mit dem Flohmarkt auf." Ich versuchte ihm zu erklären warum und wieso, aber er stand wieder mal auf dem Schlauch und konnte nicht nachvollziehen, wie belastend das für mich war. Er versicherte mir x-Mal, dass es ihm doch wieder gut gehe und anderes mehr. Das stimmte ja alles, aber mein Schock sass viel zu tief, als dass ich einfach so mir nichts, dir nichts zur Tagesordnung hätte übergehen können. Ich sprach mit Claudine. Sie verstand mich, denn sie hatte selber gesehen, wie unausgeglichen, ängstlich und freudlos ich diesen Flohmarkt jeweils hinter mich brachte. Heute, als ich beim Markt vorgefahren war, sagte ich: „Dies ist mein letzter Tag beim Puce." An die Kunden gerichtet sprach ich dieselben Worte und hängte noch an: „Profitieren Sie noch ein letztes Mal von meinem günstigen Angebot." Mit der Reaktion einiger Kunden hingegen hatte ich nicht gerechnet, zum Beispiel von einer Frau, etwa in meinem Alter, die mir oftmals während des Winters einen heissen Kaffee spendierte, den sie zuvor an der Theke der Rugby-Bar geholt hatte. Ihr Mann kam zwar regelmässig mit zum Markt, aber seine Reaktionen waren seit seiner Krankheit nicht mehr dieselben, und sie war immer in Sorge wegen ihm. Als sie hörte, dass es mein letzter Tag beim Markt sei, brach sie in Tränen aus und machte sich schluchzend davon. Andere Kundinnen und Kunden umarmten mich und wünschten mir von Herzen alles Gute und ein paar von ihnen weinten ebenfalls. Einige äusserten sich etwas trockener mit den Worten: „Sie werden uns fehlen!" All diese Sympathiebekundungen hatten mich zutiefst berührt. Freilich kannte fast jeder meine Geschichte, und nahezu jeden Sonntag kamen ein paar Kunden und fragten nach der Gesundheit von Ruedi. Irgendwie funktionierten Kunden und Aussteller wie eine Grossfamilie, vor allem alle, die jeden Sonntag dort standen. Am frühen Nachmittag, als ich nach Hause kam, sagte ich zu Ruedi: „So, das war es!" Wir entluden das Auto und ich merkte noch an, dass ich mich nun drum kümmern müsse, um all die vielen, vielen noch vorhandenen Kartons irgendwie zu verkaufen. Ich stellte nun einige Kartons zu verschiedenen Stapeln zusammen, machte eine entsprechende Beschreibung und setzte alles als Inserat in die Zeitung. Flugs hatte ich das Meiste verkauft. Allerdings verblieben mir noch sämtliche Bücher, und das waren bestimmt fünfzig Kartonschachteln. Ich war seit ein paar Jahren beim Flohmarkt die Bücherfrau gewesen. Daher wollte ich am Sonntag immer den gleichen Platz belegen, damit mich die Kunden auch sicher finden konnten. Ich war so eine Mischung zwischen Bibliothek und Billigladen. Bei mir kostete ein Buch fünfzig Cents und man erhielt drei Stück für einen Euro, ungeachtet, ob es ein Taschenbuch oder ein gebundenes Buch war. Die grossen Bildbände verkaufte ich etwas teurer, aber in jedem Fall erhielten die Kunden Lesestoff zum Schnäppchenpreis. Es gab Kunden, die suchten sich drei Bücher aus und bezahlten einen Euro. Am nächsten Sonntag brachten sie mir die Bücher zurück und holten sich wieder drei Stück für einen Euro. Einige meinten auch, dass, wenn die Bücher nicht so teuer wären in den Läden, die Menschheit auch mehr lesen würde. –Vielleicht!- Ich für meinen Teil hätte vermutlich nichts von diesen Büchern gewollt, denn oftmals werden Bücher recht lieblos im Keller oder in der Garage gelagert und miefen schrecklich. Da ich fast ausschliesslich abends im Bett lese, müsste ich nicht zwingend so einen muffigen Stapel auf dem Nachttisch liegen haben. Jetzt musste ich aber diese vielen Kartons loswerden. Eigentlich hätte ich ein paarmal zum Emmaus-Secondhandladen fahren können und alles dort abgeben. Aber ich dachte, dass man das Ganze auch andersrum gestalten könnte, denn schliesslich bekam ich ja kein Geld für diese Bücher. Ich rief also bei Emmaus an und bat, dass man die Bücher abholen komme. Natürlich war es wie immer, denn wenn ich etwas von jemandem will, winden die sich bis zum Geht-nicht-mehr und suchen nach passenden Ausreden. Ich blieb hart und erklärte, dass ich nur ein kleines Auto hätte und somit nicht in der Lage sei, die vielen Bücher zu ihrem Geschäft zu bringen. Nach einigem Hin und Her liessen die sich beknien, und wir vereinbarten einen Abholtermin. Dieser wurde dann noch zweimal verschoben, aber schlussendlich stand ein kleiner Lastwagen vor unserem Haus und die Jungs fingen an einzuladen. Sie hatten einen „Diable", will heissen einen „Teufel," oder wie wir sagen, eine Sackkarre dabei. Bloss hat unser Strässchen vor dem Haus Hanglage und es klappte mit der Karre überhaupt nicht, denn die Kartons blieben eben nicht da liegen wo sie hätten liegen sollen. Mir wurde das ganze Gemurkse zu bunt. Ich nahm nun einen Karton und trug ihn zum Lastwagen, holte Karton um Karton aus der Garage und brachte Stück für Stück zum Lastwagen. Die Abholer begriffen mein System und folgten meinem Beispiel. Eine halbe Stunde später fuhr der beladene Lastwagen weg, und jetzt hatte ich ordentlich viel Patz in der Garage. Ich war froh und erleichtert. Ein letzter Haufen mit allerlei schönen Dingen verblieb. Nun rief ich die Platzanweiserin von Uzès an, sie wohnt nur drei, vier Häuser entfernt von uns, und ich überredete sie zum Kauf des restlichen Materials. Zwei Tage später erschien sie mit einem jungen Mann, der ebenfalls immer beim Flohmarkt verkaufte. Sie schauten sich alles an, machten ein Angebot und schon konnten sie ihre erworbenen Güter einladen. Sie sagte noch zu mir, dass sie eigentlich für eine Reise nach „Lourdes" spare, aber weil sie mich gut kenne und halt auch möge, investiere sie jetzt in diesen letzten Stapel meiner Flohmarktartikel. Also war dieses Kapitel für mich abgeschlossen, und ich war nicht mal so traurig. Bestimmt wird mir wieder etwas anderes einfallen, damit ich mein Herz daran wärmen kann.

Claudine verkauft seit Jahren nur alte, weisse Wäsche. Das heisst, vom Nachthemd, zur Bett- und Tischwäsche, bis hin zu Kinderhemdchen ist alles dabei. Sie kauft die Sachen zusammen, welche meistens in einem etwas ramponierten Zustand sind. Die Leute bewahren oftmals viele Dinge auf, aber eben oft auch nicht besonders sorgfältig. Wenn man Bettwäsche einfach nur aufbewahrt, wird sie nicht zwingend schöner, denn öfter sind die Faltstellen stark verschmutzt. Claudine weiss mit Wäsche umzugehen. Sie wäscht alles perfekt sauber und sie erklärte mir des Öfteren, mit was für Tricks sie dabei arbeitet. Wenn man blendend weisse Wäsche haben möchte, müsse man die Betttücher an die pralle Sonne legen, erst dadurch würden sie strahlend weiss. Mir wäre das zu viel Aufwand, aber Claudine weiss wie damit umgehen, und sie kennt sich aus in alten Wäschestücken. Allerdings will sie nur weisse Wäsche und nur alte Stücke. Wenn man über den Flohmarkt schlendert, weiss man sofort, welcher Stand Claudines ist, denn sie hat mit Abstand den schönsten und gepflegtesten Tisch. Da sie die Wäsche ja auch kaufen muss, muss sie meistens auch Dinge mit dazu nehmen, die sie eigentlich selber gar nicht haben will. Das System ist so ähnlich wie bei Philippe, dem Antiquar. Gerade hatte Claudine ein grosses Wäschepack gekauft. Eine Frau, die ebenfalls zum Markt gefahren war, hatte aus gesundheitlichen Gründen das Verkaufen an den Nagel gehängt. Allerdings hatte diese Frau viele Tischtücher gehabt, und sie war weniger auf weiss fixiert als Claudine, denn sie hatte diese Tischtücher allesamt bunt eingefärbt. Claudine sagte mir: „Diese Tischtücher kannst du haben, denn ich mag nichts Buntes." Drei volle Bananenkisten hatte ich so erhalten. Anlässlich meines letzten Verkaufstages beim Flohmarkt versuchte ich, diese Tischwäsche für einen Minipreis loszuwerden. Freudlos kauften zwei, drei Kundinnen von diesen Tüchern und es verblieben mir noch eine ganze Menge davon. Als ich zu Hause meine verschiedenen Stapel vorbereitete, konnte ich mich einfach nicht entschliessen, diese farbige Tischwäsche irgendwo dazu zu stellen. Nein, ich fand diese Tischtücher einfach sehr schön und wollte sie vorerst behalten. Kurz überlegte ich, dass ich sie eigentlich ab und zu bei unseren Gästen auf den Tisch legen könnte, aber irgendwie gefiel mir die Idee auch nicht. So stellte ich die Kartons vorerst zur Seite.

Vor vier Jahren ungefähr hatte Ruedi mit Holzschnitzen angefangen. Eines Tages präsentierte er mir einen ca. fünf Zentimeter grossen Mauersegler. Ich war fasziniert und hingerissen von dieser schönen Arbeit. Am übernächsten Tag kam ein Adler in etwa doppelter Grösse des Seglers dazu. Ruedi schien sich über meine Begeisterung zu freuen, und er machte immer weiter mit seinen Arbeiten. Wir kümmerten uns um die Beschaffung von Maschinen und Holz, denn Ruedi ist ein handwerklich sehr begabter Mensch. Lesen oder andere stille Hobbies sind für ihn keine Alternative. Er fing auch an zu drechseln und fuhr mit dem Holz behauen fort. Er klopfte und hämmerte oft den ganzen Tag oben in seinem Atelier. Plötzlich erschien er dann wieder mit einem fertigen Stück. Ich dachte, dass er seine Werke auch mit einem Namen oder Zeichen versehen müsste. Da Ruedi nie ein grosser Schreiber war, hatte er mir früher einmal eine Ansichtskarte geschrieben. Als Unterschrift stand da: „R.". Kürzer ging es bestimmt nicht mehr. Ich suchte nun eine Möglichkeit, genau diese Unterschrift auf seine Werke brennen zu können. Also googelt man heute, wenn man nach einer Antwort sucht. In der Schweiz gab es ein kleines Unternehmen, welches meinen Wunsch nach einem einfachen Brenneisen umsetzen konnte. Jedes Mal, wenn Ruedi nun wieder mit einem fertigen Werk erscheint, brenne ich sein Markenzeichen darauf, nämlich: „R.". Als Ruedi eine schöne Menge Holzartikel fertiggestellt hatte, fand ich, dass man diese in unserem Freundes- und Bekanntenkreis zeigen sollte. Also suchte ich nach einer Ausstellungsmöglichkeit in der Schweiz. Ich hatte ein Vereinslokal gefunden, welches ich nun für einen Sonntag anmietete. Zusammen mit den Kindern wurde dann die Ausstellung auf die Beine gestellt, denn wir wollten ja Getränke, Kuchen und kleine Sandwiches anbieten, damit es für die Besucher auch etwas attraktiver wurde. Nun schrieb ich alle uns bekannten Menschen an und lud sie zur Ausstellung ein. Wir vereinten damit Beides, Wiedersehen und Ausstellung. Natürlich durften die Besucher auch einige der Werke erstehen. Die Besucher waren begeistert, Ruedi sehr stolz und gemeinsam freuten wir uns über das allgemeine, grosse Wiedersehen mit lieben Menschen. Jetzt war ich irgendwie auf den Geschmack gekommen, denn ich wollte auch anderen Menschen zeigen, was Ruedi so alles herstellte. Nach einigem Suchen fand ich einen Handwerkermarkt, wiederum in der Schweiz, wo wir die Genehmigung zum Ausstellen bekamen. Im Frühjahr, nach Ruedis schwerem Infarkt, stellten wir dann in Langenthal aus. Wiederum wurden Ort und Zeit an Freunde und Bekannte mitgeteilt. Dieses Mal war es natürlich anders, denn an einem öffentlichen Marktstand stehen ist eben weniger privat. Doch auch hier durften wir uns über viele Komplimente freuen und ebenfalls über einige Wiedersehen aus dem Familien- und Freundeskreis. Zudem verkaufte Ruedi wieder einige seiner Werke. Aber wir waren auch sicher, dass wir diese Ausstellungen nicht wiederholen würden, denn der finanzielle Aufwand ist sehr gross. Ruedi verfeinerte seine Arbeiten immer mehr. Wenn er in einem Park oder bei einem Platz eine Statue sieht, fotografiert er diese und setzt sie zu Hause auf Holz um. Wir zeigten die gefertigten Sachen nun auch an den Nachbarn aus unserem Quartier. Die Menschen waren begeistert. Einige baten, ob sie denn einmal zusehen kommen dürften, wenn Ruedi am Werken sei. Selbstverständlich durften sie und Ruedi zeigte und erklärte ihnen sein Handwerk. Der Tag beginnt meistens so, dass wir zusammen unseren Kaffee trinken. Ruedi schaut sich dabei das Neueste vom Tag auf seinem Handy an. Ich vergnüge mich unterdessen bei einem Spiel, nachdem ich die Mails und die Wetteraussichten geprüft habe. Nun macht sich Ruedi auf zu seinem Atelier und schon bald höre ich das stete Klopfen und Hämmern. Er ist unermüdlich. Im Winter kommt er manchmal eine Sportsendung anschauen im Fernsehen. Bei schönem Wetter hingegen legt er sich zwischendurch ein Stündchen in die Sonne. Natürlich gehen wir marschieren und Radfahren, aber sonst klopft und hämmert es. Ich fing an mich zu fragen: Und ich? Einkaufen, Kochen, Haushalt, aber bei zwei Personen ist das ja nicht gerade eine grosse Arbeit. Klar kann ich schreiben und mit dem Computer ein Spielchen machen, aber... Ich fand, dass ich unbedingt auch etwas Abwechslung in meinen Alltag bringen sollte. Ich dachte sogar an eine gemeinnützige Aufgabe, aber ich bin kläglich gescheitert, bevor ich richtig angefangen habe. Ich wollte mich eigentlich in einem Altersheim engagieren. Man stellte die zu überwindenden Hürden dermassen hoch, dass ich es vorzog, mich rechtzeitig auszuklinken. Mit einer Tätigkeit in einem Altersheim wollte ich mich ein bisschen therapieren. Das heisst, ich wollte mir meine Angst vor Krankheit, Alter etc. abgewöhnen. Doch ich kam gar nicht erst in die Gänge, denn die mir gestellten Hürden waren zu hoch. Als ich Claudine von meinem Altersheim-Experiment erzählte, lachte sie mich hochkant aus. „Aber Verena, das ist doch nun wirklich nichts für dich. Wenn du unbedingt etwas Gemeinnütziges machen willst, dann engagiere dich doch beim Verteilen von Nahrungsmitteln, denn das ist eher dein Ding." Bestimmt hatte sie wieder einmal den berühmten Nagel auf den Kopf getroffen, aber ich zögerte und überlegte weiter. Vorerst nahm ich mir vor, überall etwas Ordnung zu schaffen in unserem Häuschen und mich von allem Überflüssigen zu trennen oder besser gesagt von Dingen, die ich schon länger nicht mehr benutzte. Ah, da kamen mir die bunten Tischdecken in die Hände und ich fand sie einfach immer noch zu schön, um mich so lieblos davon zu trennen. Als Claudine und ich noch regelmässig beim Flohmarkt ausstellten, erzählte sie mir ja auch oft von ihren finanziellen Nöten, denn sie hatte noch die Verantwortung für die beiden Kinder von Bernard, welche in der Ausbildung standen. Sie hangelte sich so durch jeden Monat, und wenn eine grössere Rechnung anstand, bereitete ihr diese einiges Kopfzerbrechen. Ich schaute mich jeweils an ihrem Stand um und kaufte ihr immer einige Dinge ab, damit sie etwas besser über die Runden kam. Sie fertigte auch einige Schürzen, und sie schenkte mir auch ein, zwei Stück zum Geburtstag. Ich befand sie eigentlich immer als sehr schön, aber die verarbeiteten Stoffe und das Modell kritisierte ich auch. Natürlich verschenkte ich so viele Schürzen wie möglich in meinem Umfeld, damit sie etwas mehr Einnahmen hatte. Aber nun kam mir plötzlich in den Sinn, dass ich die Schürzenkreationen nach meiner Auffassung etwas verfeinern könnte, und da kamen mir die erhaltenen Tischdecken gerade recht. Ich machte mir ein Schnittmuster nach meiner Vorstellung und schneiderte hierauf ein paar Schürzen. Allerdings wollte ich nie eine Konkurrenz zu Claudine werden und sie selbstverständlich auch nie vor den Kopf stossen. An Claudines Geburtstag hatte ich sie immer eingeladen, damit wir zusammen diesen Tag verbringen konnten. Claudine fährt nur ganz kurze Strecken selber Auto, ansonsten lässt sie sich gerne chauffieren. Wir machten jeweils aus, dass sie bis Uzès selber fuhr und ich holte sie dann dort ab. Nun fuhr ich mit ihr eine Kirche oder ein Kloster in der Region anschauen, denn das mochte sie sehr. In diesem Jahr nun holte ich sie ab und wir verbrachten den Tag bei uns zu Hause. Ich wollte ihr unbedingt meine gefertigten Schürzen zeigen, damit sie wusste, wie und was ich so tat. Sie machte mir grosse Komplimente und nahm sich gleich ein paar der Schürzen mit, um ihren Stand zu ergänzen. „Das ist eine gute Idee, die du hattest, denn das beschäftigt dich und lenkt dich von den alltäglichen Sorgen ab", bemerkte sie. Ich war erleichtert, dass sie mir nicht zürnte. Mittlerweile stand sie nun auch im Rentenalter und erhielt ihr Ruhegeld. Die Tochter hatte etwa in dieser Zeit auch die Ausbildung abgeschlossen und stand nun auf eigenen finanziellen Füssen. Als wir das dritte Quartierfest hatten, rieten uns einige der Anwesenden, dass Ruedi und ich doch eigentlich ab und zu bei einem Flohmarkt unsere Erzeugnisse ausstellen könnten, denn es wäre schade, diese Sachen unter Verschluss zu halten. Ich überlegte und sagte zu Ruedi, dass die Nachbarn eigentlich Recht hätten, denn wir sollten nicht einfach nur Kisten füllen mit unseren Arbeiten. Er sah es in etwa gleich. Ganz zaghaft fingen wir mal an, bei einem Flohmarkt auszustellen. Natürlich nahmen wir auch Dinge aus unserem Haushalt mit, die wir nicht mehr benötigten, um das ganze Angebot etwas interessanter zu gestalten. Als ich Claudine von meiner Idee erzählte, war sie begeistert und meinte: „Das ist doch eine super Idee, denn so kommt ihr etwas raus und lernt andere Menschen kennen, das tut euch gut". Allerdings hatte ich geschworen, dass wir nie in Uzès ausstellen würden, denn ich wollte auf keinen Fall als Konkurrentin von Claudine dastehen. Wir machten also unseren ersten Flohmarktversuch in Bagnols sur Cèze. Am Ende des Vormittags kehrten wir voller Freude und Begeisterung nach Hause zurück, denn wir hatten tatsächlich einige unserer Arbeiten verkauft. Da ich ja förmlich Schürzen in Massen produziere, bot ich sie entsprechen günstig an. Das Material wird mir mehrheitlich geschenkt und die Fabrikation ist mein Hobby. Ich verkaufe ein Stück für acht Euro und das Paket von vier Stück für fünfzehn. Natürlich ist solche Rechnerei unlogisch, aber ich nähe ja nicht Schürzen zum Aufbewahren, nein, der Bestand muss sich immer wieder auch verringern, damit ich wiederum Neues produzieren kann. Ruedi benötigt für seine Holzarbeiten deutlich mehr Zeit und Aufwand und dem zu Folge müssen seine Artikel auch etwas teurer verkauft werden. Ich erklärte schon an zig Menschen, dass mein grösstes Vergnügen das Zusammenspiel der Farben sei. Wenn ich zeichnen könnte, würde ich vermutlich Bilder malen, aber diesbezüglich bin ich ein Antitalent, also muss ich mich halt an das Fertigen von Schürzen halten. Am Anfang hatte ich ja meine Tischdecken, aber bald fehlte mir das Basismaterial. Ich fuhr also zu Emmaus und stöberte in der Bettwäsche Ecke nach dem Richtigen. Ich wurde fündig und kam mit recht günstiger Wäsche nach Hause. Nun konnte ich mich total dem Komponieren und dem Zusammenstellen widmen. Wieder einmal wollte ich mich bei Emmaus umsehen. Ruedi und ich waren für einmal gemeinsam beim Einkaufen und ich merkte an, dass ich eigentlich noch einen kleinen Sprung zu Emmaus machen wollte. Ruedi meinte, dass er mitkommen werde. Ich staunte sehr. Wir mussten also noch etwas vor verschlossener Türe warten. Als endlich geöffnet wurde und ich dann gemeinsam mit Ruedi bei der Wäscheecke stand und er mir sogar noch beim Auswählen half, war ich unheimlich stolz auf meinen lieben Ruedi. Ich konnte aber bereits mehrmals zu Hause bemerken, dass er mit Freude und Stolz meine Schürzen begutachtete, wenn ich ihm die fertigen Teile präsentierte. Oft schüttelte er schon lachend seinen Kopf und meinte: „Was dir auch immer so einfällt." Als wir bei unserem ersten gemeinsamen Auftritt in Bagnols dann 15 Schürzen loswurden, war er mindestens so begeistert wie ich, denn er muss mir jeweils helfen. Wir haben uns ein einfaches Kleidergestell zugelegt und ich kaufte mir günstige hölzerne Hosenbügel. Ich klemme immer drei

Schürzen an einen Bügel, damit die Kundschaft sie auch richtig anschauen kann. Ein paar Wäscheklammern habe ich dabei, damit die Kunden eine davon an einem gefälligen Teil befestigen können. Die Kunden können dann weiter suchen, bis sie ihre vier Stück zusammen haben und Ruedi und ich entnehmen die ausgewählten Schürzen von den Klemmbügeln. Es geht eben deutlich einfacher, wenn wir dies zu zweit tun. Jetzt bin ich so richtig auf den Geschmack gekommen. Als ich Claudine von meinen Verkäufen erzählte, sagte sie: „Ich habe schon einiges an Stoffen für dich zur Seite gelegt, damit du immer etwa genügend Material hast." Ich fragte sie mehrmals, ob es sie denn nicht störe wenn ich Schürzen mache. „Denkst du, ich würde dir immer wieder Stoffe geben, wenn es mich stören würde", lachte sie. Ja, so haben wir nun schon viele Flohmärkte besucht und dabei viele Schürzen verkauft. Wenn jeweils mehrere Frauen die Schürzen anschauen und jedes Mal beglückt ausrufen, dass die einfach nur wunderschön seien und man sich nur mit Mühe entscheiden könne, macht mein Herz einige übermütige Hopser. Oft werden dann noch die Männer zum Auswählen beigezogen. Diese Märkte bringen uns auch einiges an Abwechslung. Wir fahren rechtzeitig los und stellen unser Auto ab, wie es sich der Organisator in etwa vorstellt. Anschliessend marschieren wir zu einem örtlichen Café oder einer Bar, wo wir uns einen Espresso und ein Croissant gönnen. Gemächlich kehren wir derart gestärkt zu unserem Fahrzeug zurück. Nun beginnen wir mit dem Ausstellen. Heute ist das ein Klacks im Vergleich zu meinen absolvierten Märkten in Uzès. Die Schürzen hängen ja bereits am Kleidergestell. Ich fertigte eine lange Stoffbahn, welche wir unter dem Gestell durchziehen und dann links und rechts an diesem befestigen. So bleiben die Schürzen sauber beim Ein- und Ausladen. Jetzt nur schnell die Stoffbahn entfernen und fertig ist das Ganze. Ruedis Holzarbeiten lege ich jeweils in eine Plastikkiste und decke die einzelnen Teile mit weichem Papier ab, damit nichts zerkratzt oder abgebrochen werden kann. Nun klebe ich Preisetiketten auf die Objekte und schon ist alles fertig. Die Holzarbeiten stellen wir auf einem simplen Tisch aus. Dieser besteht aus zwei Holzböcken, zwei Latten und vier Brettern. Darüber lege ich ein Tuch und nun kann man darauf ausstellen. Es ist praktisch, und sieht ordentlich aus und ist erst noch einfach zum Zusammenbauen und Transportieren. Zu Hause ein- und ausladen ist schnell erledigt. Beim Markt ist das Verfahren ebenfalls mühelos zu bewerkstelligen. Wenn wir von Freunden und Bekannten ausrangierte Artikel für den Flohmarkt bekommen, kommen diese auf einen einfachen Klapptisch, den wir uns zugelegt haben. Natürlich machen wir nie grosse Einnahmen und wenn man das auswärtige Kaffeetrinken und die sonstigen Unkosten rechnet, betreiben wir eher ein Verlustgeschäft. Allerdings lege ich die gemachten Einnahmen immer separat in einen Topf, damit wir einen „Zustupf" für unsere Sommerferien haben. Alles andere wird unter Spesen aus der Haushaltkasse verbucht. Da wir ja nie ausgehen oder sonst in der Gegend rumfahren, gleicht sich das Ganze etwas aus. Jede Woche schaue ich, wo es denn einen Flohmarkt gibt. Wenn sich das Wetter entsprechend ordentlich präsentiert, fahren wir dann eben zum Ausstellen. Wir lernen jede Woche andere Menschen kennen und sehen ebenfalls andere Orte. Der Espresso schmeckt mal besser mal weniger gut und die erstandenen Hörnchen sind auch nie gleich. Dieweil ich an unserem Stand sitze, macht Ruedi einen längeren Spaziergang und schaut sich den Ort etwas genauer an. Wenn man immer zum Markt fährt, weiss man ja bereits, dass die Kunden so zwischen zehn und zwölf beim Markt sind. Die anschliessenden zwei Stunden sitzen die Leute beim Mittagessen, und dann erscheinen noch ein paar Nachzügler. Da wir ja jetzt etwas älter sind, fahren wir meistens am früheren Nachmittag wieder nach Hause, denn die Hauptverkäufe werden eh am Vormittag getätigt. Wir hatten gerade einen Flohmarkt in Bellegarde gemacht, und der dortige Organisator machte uns auf ein „vide grenier" (Dachboden Räumung) in Eyragues aufmerksam. Dieser Ort hat in etwa 4300 Einwohner. Er liegt 23 m ü. Meer, zwischen Avignon und Saint-

Rémy-de-Provence. Eyragues gehört zum Departement Bouches-du-Rhône. Es ist immer wieder erstaunlich, wie mich meine Mitmenschen auf neue Ideen bringen. Bisher ist es mir noch nie in den Sinn gekommen, ausserhalb unseres Departementes auszustellen. Nun schaute ich mir den Weg nach Eyragues an und schon fand ich, dass wir eigentlich auch im dortigen Departement ausstellen könnten, denn Lédenon liegt so günstig, dass wir den Verkaufsradius problemlos erweitern können. Zudem lernen wir noch mehr andere Orte und deren Bewohner kennen. Es gibt deutliche Unterschiede zwischen den jeweiligen Orten, und zwischen den verschiedenen Einwohnern ebenfalls. Als Ruedi und ich am Sonntagmorgen unser Auto geparkt hatten, machten wir uns staunend auf zum nächsten Café. Ja, das war für einmal ein sehr hübscher, gepflegter Ort mit ziemlich vielen renovierten, alten Steinhäusern. Auch habe ich bei Wikipedia gesehen, dass es dort einige Kapellen, Kirchen und ähnliches zu besichtigen hätte. Klar, heute stand mein Augenmerk nicht zwingend auf besichtigen, denn wir wollten ja unsere Artikel verkaufen. Nach dem genossenen Kaffee machten wir uns ans Ausstellen. Als alles da stand, wo es hingehörte, drehten wir abwechselnd eine Runde über den Markt. Ja, war das eine Freude. Die Aussteller präsentierten alles auf tuchbedeckten Tischen. Vereinzelt konnte man den einen oder anderen beobachten, wie er mit einem Lappen ganz sorgfältig seine Artikel entstaubte. Bis jetzt waren wir es gewohnt gewesen, dass die Aussteller ziemlich lieblos mit den zu verkaufenden Artikeln verfuhren. Hier nun wurden wir eines besseren belehrt. In Eyragues gibt es nur etwa zweimal pro Jahr einen sogenannten Dachboden Verkauf. Es kamen bald schon die ersten Kunden. Auch diese machten einen ziemlich gepflegten Eindruck. An vielen Orten schlurfen immer die gleichen Leute über den Markt, und sie sind oft angezogen wie Clochards. Hier passte für einmal alles zusammen. Als eine jüngere Frau meine Schürzen entdeckte, fing sie mit viel Eifer an, einige auszuwählen. Das erste Päckchen von vier Stück war ausgesucht. Sie meinte:

„Diese Schürzen sind so schön, ich suche noch ein zweites Paket aus, denn da habe ich für kommende Weihnachten bereits meine Geschenke." Als sie von „kommender Weihnacht" sprach, wurden meine Augen deutlich grösser, denn wir waren erst im Monat Februar des neuen Jahres. Ich staunte, denn meistens rennt man hier im Süden der Zeit und dem Datum hinterher, aber mit so viel Vorsprung hatte selbst ich nicht gerechnet. Auf alle Fälle zog die Frau glücklich mit ihren Schürzen davon und hinterliess eine mindestens so glückliche Näherin. Wiederum einige Wochen später war eine Dachboden-Räumung in Comps angesagt. Ich fragte Ruedi: „Wollen wir oder wollen wir nicht?" Er geht eigentlich ganz gerne nach Comps, denn dort sind die Einwohner viel freundlicher als etwa auf unserer Seite. Wenn wir etwas beim Haus unserer Freunde zu tun haben, gehen wir vorher immer einen kleinen Kaffee trinken beim „Café de France". Wir kennen den Besitzer seit über 20 Jahren. Etliche Einwohner kommen uns immer mit Händedruck persönlich begrüssen, gerade so, als gehörten wir zum Dorf. Wir hatten schon einmal dort ausgestellt, Damals wurden die Aussteller runter zum Gardon (Fluss) geschickt, um dort ihre Stände aufzustellen. Wir hatten dann dort ganz gut verkauft. Einige meiner Schürzen sollten sogar nach Amerika gesandt werden, wie mir eine Kundin stolz versicherte. Ich war mir nicht sicher, ob es denn ein zweites Mal klappen könnte mit Verkaufen, aber man kann es ja mal versuchen. Dieses Mal standen die Aussteller hinter den Arenen. Heute waren aber nur etwa 20 von ihnen gekommen. Kein Problem, denn meistens verkauft man deutlich mehr, wenn sich nicht so viele Leute um die Plätze streiten. Tatsächlich kamen die Compsois aus allen Richtungen zu diesem kleinen Markt. Natürlich kannten die meisten irgend einen Aussteller, und wollten ihm nur schnell „Hallo" sagen. Bei uns blieb es ruhig und ich war schon etwas unglücklich, dass sich da nicht so viel tat. Ruedi und ich sassen für einmal nebeneinander vor unserem Fahrzeug und sahen dem Geschehen zu. Jetzt kommt ein gepflegter Herr in einem hellblauen Pullover und schaut sich die Schürzen an. Ruedi sagte schon: „Achtung Kundschaft." Ich: „Ein Mann? Die Schürzen sind aber deutlich erkennbar für Frauen." Schon schlenderte der Mann weiter. Ruedi machte sich nun ebenfalls auf zu einem keinen Rundgang im nahen Dorf. Ich langweilte mich weiter. Doch.. Der Herr mit dem hellblauen Pulli stand schon wieder beim Gestell der Schürzen. Ich begrüsste ihn freundlich und erklärte ihm die Details der Schürzen. Er: „Ich nehme so ein Päckchen von vier Stück, denn ich schenke sie an eine Freundin weiter. Diese Schürzen sind einfach zu schön, um daran vorbei zu gehen." Nach einigem Hin und Her hatte er die vier Stück beisammen. Ich legte sie in eine meiner grün/weiss gestriften Tüten. Er schlenderte mit seinem Kauf von dannen und ich war ziemlich froh gestimmt, denn ich hatte ja etwas verkaufen können. Eine halbe Stunde später sah ich ihn wieder daher kommen, aber ohne die gestreifte Tüte. Schon wieder stand er beim Gestell. „Wissen Sie was, ich nehme nochmals so ein Päckchen, denn ich kann einfach nicht wiederstehen." „Vielen Dank auch, Sie dürfen natürlich gerne alle haben, wenn Sie es denn möchten, denn so kann ich beruhigt wieder in die Fabrikation einsteigen." Ich erzählte ihm noch dies und das und er schien sich echt über meine Geschichten zu freuen. Als er mit dem zweiten Paket von dannen ging, musste ich an mich halten, um nicht einen Luftsprung zu machen. Endlich kam Ruedi von seinem Spaziergang zurück und ich konnte meine Riesenfreude mit jemandem teilen. Das Dorf Comps hat mich immer beeindruckt. Nicht etwa, weil es ein speziell schöner Ort ist, nein, Eindruck machten mir vor allem die verschiedenen Markierungen der erlebten Hochwasser. Diese Schilder sind mit Jahreszahl und Meterhöhe beim Gemeindehaus angeheftet. Comps hat ja das Pech, dass es einesteils den Gardon, aber auch die Rhône in nächster Nähe hat. Für heute aber gab es für uns nur den kleinen Flohmarkt, der jetzt seinem Ende entgegenging und somit fuhren wir zurück nach Hause.

Für kommendes Wochenende hatten wir den Flohmarkt in „Fourques" auf dem Programm, wiederum kein spezieller Ort. Der Ortsname leitet sich zwar von einer Gabel ab, denn in „Fourques" verzweigen sich die grosse und die kleine Rhône. Bereits im zweiten Jahrhundert wurde von den Römern eine Brücke über die kleine Rhône gebaut, erklärt mir Wikipedia beim Nachschlagen. Die Flüsse sind sowohl Gemeindegrenze, als auch Grenze zwischen den beiden Departementen Gard und Bouches-du-Rhône. Der Flohmarkt war extrem durchorganisiert. Bei unserer Ankunft mussten wir je eine Fotokopie des Fahrzeugausweises und eine des Personalausweises beibringen. Die Ausstellerfelder waren mit farbigem Spray auf dem Platz aufgesprüht. Alles machte einen professionellen Eindruck bis…. Auf die Frage nach einer Toilette kam die Organisatorin ins Schleudern, denn sie musste gestehen, dass man ihr eine solche versprochen hätte für heute Morgen, aber dass die Auslieferer nun keine hätten zum Bringen. Sie war ganz untröstlich, dass sie solches vermelden musste. „Und wo geht man da jetzt hin?" Eine vage Bewegung ins unerfindliche Abseits nach irgendwo. Später sah man dann tatsächlich verschiedene Menschen sich einem kleinen Gebäude des Wasseramtes nähern, wo noch ein kleineres Gebüsch stand, welches etwas Deckung verhiess. Wie schon oft bemerkt, tun sich die Männer da nicht so schwer, die Frauen haben da schon wesentlich mehr Mühe. Rund um dieses Häuschen sah es bis Mittag dann auch entsprechend aus, unappetitlich. Als wir unser Fahrzeug abgestellt hatten, suchten wir wieder eine Möglichkeit, um einen Kaffee zu trinken. In einiger Entfernung sahen wir ein Gasthausschild. Wir marschierten in diese Richtung und landeten in einer förmlichen Räuberhöhle. Ich habe in meinem ganzen Leben noch nie so derart verschmutzte Fensterscheiben gesehen. Das Innere war etwas freundlicher ausgestattet. Tatsächlich schmeckte der Kaffee um einiges besser als man hätte vermuten können. Wir setzten uns auf die Terrasse und frühstückten Kaffee und Hörnchen. Anschliessend gingen wir zurück zum Ausstellen, indem wir lachend unsere Köpfe schüttelten über das Gesehene. Manchmal fragen wir uns schon, wo denn eigentlich die Hygiene Kontrolleure sind. Gut, beim Trinken eines Kaffees kann man ja nicht gerade jeden Schaden bekommen. Ruedi hatte das Glück, dass Kunden kamen denen seine Arbeiten gefielen. Eine Frau stand vor unserem Stand, drückte eine Buddha Figur ans Herz und meinte: „Genau die will ich haben, denn die ist einfach zu schön." Ein jüngerer Mann fotografierte alles, um das Bild an einen Freund zu schicken. Auch er wollte eine Figur haben. Jetzt kam eine ältere, sehr gepflegte Dame. Sie schaute sich die Schürzen an und meinte: „Ich komme später nochmals vorbei." Ich vermutete bereits eine Ausrede, doch nein, eine Stunde später stand sie wieder da. Sie schaute sich die Schürzen an und meinte: „Ich bin geborene Italienerin und mag bunte Farben." Sie suchte sich endlich vier Stück aus und fragte: „Wie zieht man die denn an?" Ich erklärte und zeigte ihr x-Mal, wie man sich diese Schürze anzieht. Sie schien es nicht zu begreifen, denn sie wollte sich die Bändel immer, um den Hals legen und im Nacken binden. Ich fragte sie plötzlich: „Haben Sie ein Problem, eine Einschränkung, können Sie etwa die Hände nicht bis zum Rücken bewegen:" Jetzt endlich begriff die gute Frau, wie das so ging mit den Schürzenbändeln. Sie habe keine Beeinträchtigung, erklärte sie energisch. Ich hatte den Eindruck, dass die Frau etwas verwirrt war, nicht gerade viel, aber doch spürbar. Endlich hatte sie genug Informationen und auch die gewünschte Vielfarbigkeit und machte sich mit einem Päckchen von dannen. Ruedi und ich waren uns einig, dass wir noch so viel Aufwand betreiben mussten, um etwas zu verkaufen, denn wir standen links und rechts helfend an ihrer Seite.

Heute Morgen gedachten wir bei unserem Lieblingscafé einen Espresso zu trinken. Wir standen eben ausgehfertig vor unserem Häuschen, als die Nachbarin mit ihren beiden Kindern daher kam, um sie zur Schule zu begleiten. Ein fröhliches „Bonjour" wurde geäussert und sie sprudelte gleich weiter. „Hier" und sie übergab uns eine Fotokarte ihrer Tochter, wo hinten drauf folgende Einladung stand: „Am Sonntag X im Juni feiert unsere Tochter ihre Firmung. Sie sind herzlich eingeladen, beim „Apéro-Dinant" teilzunehmen. Ebenfalls war eine Telefonnummer angegeben, wo man sich bis Datum X anzumelden habe. Ich bedankte mich vorerst und gedachte mir das Ganze etwas später in Ruhe anzusehen. Sie sagte noch: „Wir machen bestimmt einigen Lärm und so ist es das Beste, wenn Sie auch teilnehmen." Ich antwortete noch, dass uns der etwaige Lärm kaum stören werde, denn wir seien ja auch nicht immer leise, wenn wir Besuch hätten. Man wünschte sich gegenseitig einen schönen Tag und jeder ging seines Weges. Später nahm ich mir diese Einladung genauer vor und bemerkte, dass ich alles richtig verstanden hatte. Es war tatsächlich eine geschriebene Einladung. Ein paar Tage später, als wir uns mit Freunden trafen, zeigte ich ihnen diese Karte und sie versicherten mir, dass es wirklich eine Einladung zur Firmung der Tochter sei. Ich hatte nämlich noch gezweifelt, ob ich denn alles richtig verstanden hätte, denn mir schien, dass eine Firmung doch eher eine Familienangelegenheit war. Wiederum ein paar Tage später, als wir die Nachbarin erneut sahen, sagte ich unser Kommen zu. Ich merkte noch an, dass wir bestimmt nicht so lange bleiben würden, damit sie das Ganze in der Familie beenden könnten. Ich schrieb jetzt Datum und Zeit in meinen Kalender und überlegte schon mal, was man denn dem Mädchen schenken könnte. Ich wusste, dass die Familie bei den Grosseltern in der Camargue zwei Pferde stehen hatte, und dass Eloise dort immer ausreiten ging. Ich sagte nun zu Ruedi: „Du könntest dem Mädchen doch ein ganz schönes Pferd schnitzen, denn so hat es ein bleibendes Andenken an diesen grossen Tag." Ruedi war einverstanden und arbeitete tagelang an diesem Pferd. Als es endlich fertig war, mussten wir beide gestehen, dass es ein umwerfend schönes Stück geworden war. Ich brannte nun noch das obligate „R." drauf. Nun schrieb ich eine schöne, passende Karte und legte 50 € mit in den Umschlag. Da mir unsere Freunde bereits mehrmals erzählt hatten, dass, wenn man als Geladener hier im Süden ein Geschenkpaket abgebe, dies immer achtlos zur Seite gelegt werde, dachte ich, dieses Problem auf meine Art zu lösen. Daher nahm ich Klarsicht-Geschenkfolie und stellte das Holzpferd samt Umschlag in diese rein, denn so konnte man sich das Öffnen fürs erste sparen. Nun noch eine hübsche Schleife und wir waren für den grossen Tag gerüstet. Am Samstag vor dem Tag X sah ich die Nachbarin ihr Auto entladen. Sie hielt einen Stoss Papierservietten und allerlei Apéro-Gebäck im Arm. Ich machte nur halblaut: „Aha" hinter den geschlossenen Fenstern und blickte gespannt und zuversichtlich dem Ereignis entgegen. Am Sonntagmorgen vermeldete Ruedi, dass Eltern und Kinder sehr festlich angezogen ins Auto gestiegen waren. Wir vermuteten, dass sie zur Kirche fuhren. „Ruedi, heute solltest du für einmal ein Hemd anziehen, damit wir nicht zu stark aus dem Rahmen fallen." Er brummte nur: „Wenn du meinst." Also legte ich schon mal unsere Kleider bereit. Auch schnitt ich Ruedi mit grosser Sorgfalt seine Haare und rasierte ihn ganz sauber, denn wir wollten ja einen einigermassen passablen Eindruck machen. Jetzt war alles bereit und wir konnten den restlichen Tag für uns noch ausgestalten. Im Nachbarhaus blieb alles ruhig. Am Nachmittag immer noch Totenstille und ruhig. Gut, mittlerweile weiss ich ja, dass man hier im Süden nicht gleich im Dreieck springt wenn es um einen anberaumten Termin geht. Um 18.00 Uhr waren wir geladen. Nebenan – Ruhe, kein anwesender Mensch. Nun fing ich doch an mir Sorgen zu machen, denn wie oft konnte ich schon in der Zeitung lesen, dass ganze Familien in einen Unfall verwickelt waren. Statistisch gesehen belegt unser Departement im Strassenverkehr mit den Unfällen den ersten Platz. Auch überlegte ich mir, dass die Grosseltern in der Camargue auch schon älter waren und wie wir selber erleben konnten, landet man oftmals schneller im Krankenhaus als man denken kann. Wie gesagt, es blieb unheimlich still und ruhig. „Ruedi, weisst du was, wir fahren zu Mc. Donald und essen dort eine Kleinigkeit. Wenn wir dann zurück sind, können wir uns immer noch kurz bei den Nachbarn melden." Also fuhren wir vorerst zu Mc. Do. Als wir nach Hause kamen, war immer noch kein Lebenszeichen zu bemerken bei unseren Gastgebern. Wir hängten die schönen Kleider zurück in den Schrank und schauten Nachrichten und anschliessend einen Film. „Ich gehe jetzt zum Nachbarhaus und stelle das Geschenk direkt vor die Haustüre." Kurz vor Mitternacht lagen wir in unseren Betten. Plötzlich wachte ich auf, denn ich hörte die Nachbarn nach Hause kommen, es war ein Uhr früh. Am nächsten Morgen klingelte es um halb acht an unserer Haustüre. Im Nachthemd stellte ich mich im ersten Stock auf den Balkon. Es war die Nachbarin mit ihren beiden Kindern. „Wir wollten nur Danke sagen und Eloise hat noch Bonbons für sie." Kurzangebunden erwiderte ich: „Wir liegen noch im Bett." „Gut dann bringen wir die Bonbons heute Abend vorbei." Natürlich kam abends niemand, und seither blieb es ausgesprochen ruhig zwischen unseren Häusern, Vorher lief man sich andauernd über den Weg und jetzt auf einmal nicht mehr. Ich kann damit leben, sagte ich mir, denn wir haben nichts falsch gemacht. Ab und zu sahen wir uns kurz und man wünschte sich einen guten und schönen Tag, aber zu einem Gespräch kam es nicht. Jetzt, ein knappes Jahr später, Ruedi und ich wollten wiederum zum morgendlichen Kaffeetrinken fahren, als die Nachbarin auch gerade aufbrechen wollte mit dem kleinen Tomas. Ich begrüsste die beiden und fragte nach ihrem Wohlergehen. Sie erzählte, dass sie gerade die Galle entfernen lassen musste und anderes mehr. Wir unterhielten uns, als wäre niemals etwas anderes gewesen. Zufälligerweise begegnete ich der Nachbarin am Nachmittag nochmals als sie wegfuhr, und ich nach Hause kam. Sie strahlte über das ganze Gesicht und ruderte und wedelte mit den Armen wie wild, um nochmals Hallo zu sagen. Ruedi und ich waren uns einig, dass sie doch nur heilfroh war, dass wir ihr nichts übelnahmen. Ich bin sicher, dass sie bestimmt an der gegebenen Einladung festgehalten hätte, aber ich vermeine zu wissen, dass ihr jemand sagte, dass diese Einladung unpassend sei, und darum fand das Fest an einem anderen Ort statt. In diesem Falle hätte sie ganz einfach nur mit uns sprechen müssen und alles wäre ohne schlechtes Gewissen über die Bühne gegangen. Ruedi und ich sagten noch, dass wir jetzt zum zweiten Mal von jemandem ausgeladen wurden. Den ersten dieser Schritte machten vorgängig Familienangehörige und jetzt eben die Nachbarn. Armel und Geneviève wussten von dieser Einladung und fragten uns beim nächsten Wiedersehen, wie es denn gewesen sei bei dieser Feier. Als wir ihnen die ganze Geschichte erzählten, verstanden sie die Welt nicht mehr. Geneviève wiederholte wieder einmal, dass es für sie kein Thema mehr wäre, sich hier im Süden niederzulassen, denn man könne wirklich auf kaum jemanden zählen. Nun für uns ist es gegessen und abgehakt.

Wenn wir morgens aufstehen springe ich unter die Dusche und Ruedi widmet sich dem Bettenmachen. Oft höre ich ihn den Passanten einen guten Tag wünschen oder mit den Hunden sprechen, wenn deren Halter mit ihnen Gassi gehen. Beim anschliessenden Morgenkaffee erzählt er mir dann von diesen Begegnungen. Heute war er ziemlich genervt und meinte: "Da geht wieder einmal eine Frau mit ihrem Hund nur hinter unser Haus, und der kackt dort überall alles voll. Du könntest dieser Frau ruhig einmal sagen, dass sich solches nicht gehört". Da er der Sprache nicht so richtig mächtig ist, sollte immer ich die Kastanien aus dem Feuer holen, was mir oftmals richtig stinkt, denn meine Toleranzschwelle ist etwas höher als die von Ruedi. Ich nahm diesen Befehl zur Kenntnis und legte ihn gedanklich vorerst einmal aufs Eis. Ein paar Tage später machten wir uns auf zu unserem Spaziergang. Auf dem Rückweg begegneten wir einer Frau mit Hund. Ruedi: „Das ist die Frau, die ihren Hund immer hinter unser Haus führt." Nun gingen wir zu Dritt plus Hund die letzten Meter nach Hause. Ich unterhielt mich mit der Frau und merkte so nebenbei an, dass sie doch bitte den Hund nicht zwingend hinter unserem Haus sich versäubern lassen solle. Sie antwortete:

„Entschuldigung, Sie haben ja Recht." Wiederum ein paar Tage später treffen wir uns oben in der Garrigue. Gegenseitig begrüsste man sich höflich und die Frau sagte: „Darf ich Sie begleiten oder haben Sie etwas dagegen?" „Ja, begleiten Sie uns nur, denn so können wir uns dabei etwas unterhalten." Wir marschieren fröhlich parlierend eine Stunde durch die blühende Garrigue. Als sich unser Heimweg trennte, merkte die Frau noch an: „Ach übrigens, ich gehe nun nie mehr hinter Ihr Haus mit dem Hund." Ich bedankte mich. Unterwegs erzählte ich ihr von Ruedis Arbeiten und meinen Schürzen. Sie hörte begeistert und interessiert zu und sagte nun, dass sie Bilder male. Spontan lud ich sie für einen nachfolgenden Tag zu einem kleinen Kaffee, denn dann könne sie sich alles anschauen. „Ich heisse Danielle, und ich komme sehr gerne." Tatsächlich klingelte es bereits zwei Tage später bei uns. Danielle lachte mich fröhlich an. Sie schaute sich unsere Arbeiten interessiert an, und merkte an, dass Ruedi ein sehr gutes Auge habe für die verschiedenen Proportionen. Als wir dann bei unserem Kaffee sassen erzählte sie mir, dass sie eigentlich in der Umgebung von Grenoble geboren und aufgewachsen sei. Später zog sie dann nach Marseille, wo sie zuerst behinderte Kinder und später dann Erwachsene zeichnen und gestalten lehrte. Jetzt mit ihrer Pensionierung zog sie nach Lédenon, wo sie sich ein kleines Haus kaufte. Ab und zu kommt sie, nun spontan zu einem kleinen Kaffee und wir plaudern über dies und das. Sie fragte mich auch nach Handwerker- und Arztadressen mit denen ich gute Erfahrungen gemacht hätte. Eines Tages lud sie uns zu einem Apéro ein. Wir sollten an einem Freitagabend so gegen 19.00 Uhr kommen. Es war der heisseste Tag in diesem Sommer, und das Thermometer zeigte erbarmungslose 46 Grad am Schatten. Beim Gedanken an Alkohol fing es mich an zu grausen, aber die Einladung stand. Wir zwangen uns mit etwas Verspätung anzutreten. Jetzt lernten wir auch den Partner von Danielle kennen. Er ist in Korsika geboren und aufgewachsen und jetzt in unserem Dorf gelandet. Mit seinem ungepflegten Bart und seiner wilden Lockenpracht sah er etwas gar eigenwillig aus. Zudem hingen in seinen Barthaaren noch ein paar Kuchenbrösel. Irgendwie faszinierte mich diese Erscheinung, aber in meinem Hinterkopf bildeten sich auch einige Fragezeichen in Bezug auf Sauberkeit und Ordnung. Danielle zeigte uns nun ihr erworbenes Heim. Als sie bei mir Kaffee trank, hatte sie mir immer erzählt, dass sie vieles am neuen Heim neu anstreichen müsse. Nun wollte sie mir natürlich das Gestrichene zeigen. Allerdings landete ich mit meiner ersten Frage offensichtlich im ersten Fettnapf. Ich sah überall blau angemalte Wände und anderes mehr, immer in einem recht kitschigen Blau. Für meinen Geschmack war alles zu grell. Es war kein dezentes Blau, nein, es war irgendeine Mischung zwischen Knalltürkis und Knallblau. Ich Schaf fragte: „Das wollen Sie alles noch streichen?" „Nein, nein, das habe ich gerade neu gestrichen." „Oh, beeindruckend, wieviel Sie denn schon geleistet haben." Sie erklärte, dass der Vorbesitzer nicht so viel Geschmack hatte, denn er hatte in einem Zimmer ein edles Elefantengrau mit einem passenden Dunkelrot verwendet, und an anderen Wänden eine klassische Pastellfarbe benutzt. Nun gut, mir musste das Ganze ja nicht gefallen, aber mich wundern und staunen tat ich trotzdem. Jean-Mathieu, ihr Partner, lief uns immer wieder hinterher und meldete: „Die Pizza ist jetzt fertig." Endlich wurde seinen Worten Gehör gegeben und Ruedi und ich nahmen schon mal Platz am Gartentisch auf der Terrasse. Wir kamen eben noch rechtzeitig, bevor Hund Luna sich der Pizza widmen konnte. Wir scheuchten ihn mit ein paar wedelnden Handbewegungen vom Tisch. Ruedi mag eigentlich jeden Hund, ob erzogen oder nicht. Luna wusste diese Aufmerksamkeit natürlich zu schätzen. Doch da sie keine Ahnung von einer Spur Anstand hat, sprang sie ziemlich rüde an Ruedi hoch. Natürlich brachte sie ihm mit ihren Krallen gleich eine kleine Verletzung bei. Da Ruedi ja blutverdünnende Medikamente nehmen muss, blutete er recht stark. Nun lief Danielle wie ein aufgescheuchtes Huhn durchs ganze Haus, um Desinfektionsspray und Pflaster zu suchen. Sie wurde fündig und verarztete Ruedi vorbildlich. Luna wurde nun endlich ins Abseits befördert, damit sie weder an Ruedi noch an der Pizza Schaden machen konnte. Tatsächlich sassen nun auch die beiden Gastgeber am Tisch. Zuvor hatten sie noch eine Handvoll Gabeln und Messer auf den Tisch geworfen und ein kleines Schüsselchen mit Gurkenscheibchen daneben gestellt. Man prostete sich zu. Die Pizza war ziemlich gewöhnungsbedürftig und Lichtjahre davon entfernt, diesen Namen zu verdienen. Der Teig war aus Kastanienmehl gefertigt und darauf lag etwas Undefinierbares. Auf alle Fälle handelte es sich nicht um Käse. Der Höflichkeit gehorchend nahm ich mir von allem etwas. Allerdings bat ich um ein alkoholfreies Getränk, denn bei der Hitze würde ich ansonsten nach fünf Minuten bereits unter dem Tisch liegen, so meine Begründung. Man verstand. Wir hatten als Gastgeschenk eine gute Flasche gekühlten Weisswein übergeben. Dieser Wein wurde nun getrunken und die beiden lobten ihn sehr, auch Ruedi war damit völlig zufrieden. Ich spülte die staubtrockene Pizza mit einem Sirup runter und nahm sogar zweimal von den vorgesetzten Gurkenscheiben, welche offenbar als Salat herhalten sollten, denn sie schwammen ziemlich lieblos in einer säuerlichen Flüssigkeit. Das Zusammensein gestaltete sich dann recht interessant. Jean-Mathieu ist ein engagierter Diskussionspartner, der aber bestimmt alles besser weiss. Letztendlich ist es ja egal. Nach gut zwei Stunden befanden wir, dass wir nun nach Hause könnten. Der Heimweg war nicht sehr lang, denn wir wohnen natürlich im gleichen Quartier. Wir sehen uns ab und zu so im Vorbeigehen. Kurz nach Neujahr begegneten wir uns bei einem Spaziergang. Man wünschte sich ein gutes und gesundes, neues Jahr. Wenn man hier im Süden jemanden lange nicht gesehen hat, kann es vorkommen, dass man die guten Neujahrswünsche noch im Monat März anbringt. So erhaltene Wünsche bringen mich immer etwas aus der Fassung, denn ich dachte schon lange nicht mehr an das „Gute, Neue Jahr". Danielle meinte spontan, dass wir dann noch mit einem Glas Champagner darauf anstossen sollten. Ich war überrascht und äusserte bereits Freude und Zustimmung. Allerdings habe ich keine Ahnung, auf welches neue Jahr wir dann anstossen werden. Vielleicht auf das nächste, übernächste oder gar nie? Es wird sich zeigen. Ruedi meinte nun; „Die beiden sind definitiv nicht in meiner Welt." Ich äusserte mich vorsichtshalber nicht dazu. Wenn er Danielle irgendwo sieht, dann heisst es etwa: „Ich habe deine Freundin gesehen." Man kann sich ja mit Menschen unterhalten, ohne gleich von Freunden zu sprechen, aber Ruedi sagt das Wort ‚Freundin' immer so spitz und mit einem bitteren Unterton. Ja nun, damit kann ich leben, auch wenn es mich manchmal ziemlich nervt.

Ruedi schnitt heute unsere zwei, drei Sträucher, die an der Nordseite unseres Häuschens wachsen. Jetzt kam ein freundlicher, gepflegter Herr, der seinen Parkplatz neben unserem Haus hat. Er kaufte sich vor einem guten Jahr ein Haus in unserem Quartier und lebt jetzt da mit seiner Partnerin. Man kennt sich nur vom Sehen, ein freundliches „Bonjour" wird ausgetauscht, und wie es halt so ist mit mir, man kommt problemlos ins Gespräch. Der nette Herr schien auch kein Wortverächter zu sein und schon unterhielten wir uns recht engagiert. Plötzlich sagte er: „Ich muss doch weiter und noch allerlei erledigen." Jetzt lachte ich und sagte: „Ja, zudem haben Sie die Arme voll mit Gepäck." Er legte nun sein Zeug ins Auto, kam dann zurück und sagte: „Ich bin François." Auch wir stellen uns nun namentlich vor. Ein paar Tage später treffen wir uns erneut vor unserem Haus. „Bonjour, Verena" rief er laut und deutlich. Als ich ihm ebenfalls den guten Tag mit seinem Namen wünschte, war er erstaunt. „Oh, Sie wissen noch meinen Namen." „Ja, ich kann mir doch nicht erlauben, diesen zu vergessen, denn schliesslich konnten Sie sich den Meinigen auch merken." Und er merkte noch an: „Zur Zeit sind wir noch einiges am Umbauen, aber wenn die Arbeiten beendet sind, dann müssen Sie unbedingt auf einen Apéro zu uns kommen." „Danke, sehr gerne." Zwei Wochen später drehten wir für einmal eine Runde in Richtung Dorfkern. Wir kamen an François's Haus vorbei. Zufälligerweise stand er mit seiner Partnerin davor. Er stellte uns nun „Laure" seine Partnerin vor und sagte zu ihr gewandt, dass er uns zu einem Apéro eingeladen hätte, sobald ihr Umbau fertig sei. In dem Moment sagte ich: „Unser Haus ist ja fertig, also kommen Sie als erstes zu uns. Ich rufe Sie demnächst an." Als ich dann anrief und sie zum Nachtessen bat, sagten sie begeistert zu. Wir sassen bei uns auf dem Balkon und unterhielten uns blendend während des gemeinsamen Essens. Die beiden sind Vertreter für Aschenurnen. Die ganze Woche sind sie auf Reisen. Einer hat 36 und der andere 37 Departements zu bereisen. Die zwei machen 80'000 Kilometer pro Jahr, aber sie sind Lohnempfänger und arbeiten nicht nur auf Provisionsbasis. Beide sind ausgesprochen wohlerzogen und sehr nett. Nun, der Sommer kam, und wir fuhren wiederum sechs Wochen nach Deutschland in Urlaub. Seit ein paar Jahren tun wir dies, um der hiesigen grossen Hitze etwas zu entfliehen. In Süddeutschland gibt es viele schöne Ecken und auch herrliche Wälder, wo man an heissen Tagen Kühle finden kann. Natürlich würde es noch andere schöne Gegenden in Deutschland geben, aber wir mögen eben nicht mehr so viele Kilometer fahren. Natürlich hätte Frankreich ebenfalls ganz schöne Regionen, bloss haben wir diesbezüglich eigene Vorstellungen. Wenn wir schon so lange weg sind, wollen wir ein komfortables Hotel, wo wir auch deutsches Fernsehen schauen können, In Deutschland weiss man, was ein Hotelgast sich so wünscht, und die Zimmer sind natürlich in einem guten Zustand. Zudem essen wir dort immer sehr gut, und preislich können wir uns die Angebote auch leisten. Wir waren auch schon mehrmals im Elsass zum Übernachten oder im Urlaub, aber jedes Mal war etwas kaputt oder funktionierte nicht. Wenn man sechs Wochen unterwegs ist, möchte man es halt recht ordentlich haben, denn man bezahlt ja auch für das Angebotene.

Ausgeruht und erholt kamen wir Anfang September nach Hause zurück. Gerade wollte ich den Kindern unsere gut bewältigte Heimkehr melden. Doch... Mein Telefon schwieg, die Leitung war tot. Jetzt wollte ich eine Mail schreiben, Scheisse, es ging überhaupt nichts mehr. Also begannen wir mit Auspacken, Waschen, Ein- und Umräumen des Gepäcks. Endlich erledigt und ich rief mit meinem Handy den Telefonanbieter an. „Sie haben die letzte Rechnung nicht bezahlt." Konnte ich ja nicht, denn ich hatte gar keine bekommen. Das Versäumte holte ich nun mit der Bankkarte nach und man versprach, dass bis Montagabend alles wieder in Ordnung sei. Es wurde Montagabend und es ging nichts. Wieder anrufen, wiederum ein Versprechen erhalten, bis Mittwochabend. Natürlich wurde auch dieses Versprechen nicht eingehalten. Jetzt fing erst die grosse „Misère" an, es folgte ein mühsamer Kampf um die Wiederbelebung unseres Telefons. Normalerweise weiss ich mich immer irgendwie zu retten, denn ich kenne das Verhalten der Südfranzosen ganz gut, aber hier biss ich auf Granit. Die ganze Tortur dauerte zweieinhalb Monate und ich glaubte nicht mehr daran, dass wir irgendwann nochmals mit der Aussenwelt in Kontakt stehen würden. Denn heute ist es an vielen Orten so, dass man an Personal spart. Bei Orange ist es nicht besser als anderswo, denn ich konnte mich immer nur mit Robotern, das heisst Sprechautomaten unterhalten. Damit habe ich eigentlich keine Probleme, aber ein Roboter ist einfach nur dann möglich, wenn es sich um Routinefragen oder auch –arbeiten handelt. Für nötige Erklärungen oder Spezialitäten taugt der Roboter nicht. Mehrmals versprach mir der Roboter, dass bis Freitagabend wieder alles bestens sei. Wir fuhren oder marschieren immer etwa neben den Telefonverteilzentralen in Lédenon vorbei. Selten bis nie war dort ein Techniker zu sehen. Es standen die beiden Kabäuschen still verschlossen da. Heute fahren wir daran vorbei. Ruedi: „Stopp, stopp, gehe doch die Arbeiter befragen." Wir stiegen aus und erklärten den zwei anwesenden Technikern unser Problem und das bereits schon mehrwöchige Warten. Sie holten ihre Aufträge hervor und sagten: „Ihr Name steht da nirgends." Weil sie aber etwas Mitleid mit uns zwei Alten hatten, versuchten sie das Problem zu lösen. „Das Internet konnten wir Ihnen gerade reparieren, aber das Telefon, tut uns leid, geht nicht." Wir waren dermassen erfreut, endlich ein offenes Ohr gefunden zu haben, dass ich eine Zehnernote zückte, damit sie sich am Tagesende ein Getränk gönnen könnten. „Haben Sie eine Zigarette für mich", fragte mich einer. Ich übergab dann je zwei Stück an die Arbeiter. Gegenseitig war man zufrieden und dankbar. Ich lachte noch lange über deren Wunsch, denn wenn ich jetzt gerade am Rauchen gewesen wäre, hätte ich die Bitte ja verstanden, aber so war es einfach eine Frage nach dem Zufallsprinzip. Tatsächlich funktionierte das Internet beim Heimkommen. Ein paar Tage später stand schon wieder ein Arbeiter bei den Häuschen. Wiederum fragte ich nach unserem Telefonanschluss. Der Arbeiter war willens, wenn auch auf eine spezielle Art. Auch er suchte in seinen Unterlagen nach dem Namen.

„Oh, der Draht für Ihren Anschluss ist ja gar nicht gesteckt. Ach, was mache ich mit diesem Draht nun, na, da habe ich noch ein freies Plätzchen" und schon verschwand der Draht in irgendeiner Buchse. Für ihn war das Problem aus der Welt und für uns hatte sich nichts geändert, denn die Leitung blieb tot. An einem Freitagnachmittag erhalte ich plötzlich einen Anruf der Telefongesellschaft, dass wieder alles funktioniere. Ich war dermassen erfreut, dass ich kaum genug danken konnte hinter meinem Telefonhörer. „Ruedi, stell dir vor, ein Wunder ist geschehen. Wir haben wieder Telefon." Am Samstagmorgen klingelte das Telefon. Ich meldete mich. „Oh, tut mir leid, ich habe mich verwählt", hiess es am anderen Ende. „Kein Problem." Als ich das dritte Mal dieselbe Stimme hörte, fragte ich: „Wen wollten sie eigentlich anrufen?" „Die Poststelle in Lédenon, bitte, welche Nummer haben Sie?" Ich gab nun unsere Nummer bekannt. „Ja, das ist tatsächlich nicht die Nummer der Post, tut mir leid." Nachdem mich noch ein halbes Dutzend Menschen anriefen und nach der Post fragten, klingelte es auch in meinem Gehirnstübchen. Ich rief mit meinem Handy bei uns an, erfolglos, dann wählte ich die Postnummer und es klingelte in unserem Wohnzimmer. Jetzt machte ich mich auf zur Post und erzählte das Desaster. Die Schalterbeamtin dort schloss sogleich ihre Poststellentüre und meinte: „Wir gehen jetzt zusammen zum Gemeindeamt." Taten wir auch. Nach meinen Schilderungen gab es gemeinsames Kopfschütteln und die Gemeindesekretärin sagte; „Ich schreibe gleich eine Mail, denn es ist eine wahre Katastrophe, denn die Hälfte der Einwohner, ebenfalls die Ärztin und die Gemeindebüros sind seit zwei Monaten nicht erreichbar, und die Telefongesellschaft unternimmt nichts." Ich marschierte halb getröstet wieder nach Hause, denn geteiltes Leid ist wirklich nur halbes Leid. Allerdings war ich ordentlich sauer und sagte zu Ruedi, dass ich über das Wochenende alle mir lieben Menschen auf deren Handy anrufen werde, denn die gemachten Fehler müssten auch bezahlt werden. Allerdings konnte ich nur ein Stündchen mit meinem Bruder schwatzen, dann war auch dieses Vergnügen zu Ende, denn die herrschende Panne hatte nun auch die Postnummer erledigt. Anrufe vom Festnetz auf ein Handy im Ausland sind hier in Frankreich sehr teuer, das heisst, eine Minute kostet 40 Cents. Wir warteten und hofften weiter, indem ich jeden erdenklichen Trick anwandte. Ich meldete mich unter anderem als Neukunde, denn so zumindest hatte ich keinen Roboter als Zuhörer. Aber öfter fand ich die Sprache meines Gesprächspartners aussergewöhnlich und ich fragte ganz höflich, wo sich der Telefonpartner gerade befinde. Egal ob männlich oder weiblich, sie waren alle in Nordafrika beheimatet. Sie zeigten jedes Mal grosses Verständnis für unsere bescheidene Lage und versprachen mir das Blaue vom Himmel, aber es funktionierte halt eben immer noch nicht. An einem Samstag, kurz bevor mir der Kragen platzte, rief ich einen Telefoninstallateur in Castillon an. Die Wahl fiel rein zufällig auf diesen Menschen. Ich erzählte ihm meinen telefonischen Kummer. Er hörte aufmerksam zu und letztendlich brummelte er ähnliches wie „Cadschet". Als ich wissen wollte, was das denn sei, wiederholte er noch ein paarmal dieses ominöse Wort. Ich war zwar noch nicht klüger als vorher, aber beliess es bei dieser Antwort. Abschliessend empfahl er mir: „Legen Sie doch bei diesen Telefonhäuschen Feuer." „Wo denken Sie hin, ich will doch die letzten Tage meines Lebens nicht im Knast verbringen." „Ja, dann suchen sie halt jemanden, der dies für sie erledigt, so, und jetzt möchte ich zum Mittagessen." Eine grosse Hilfe war er mir zwar nicht gewesen, aber er brachte mich auf eine Idee. „Ruedi, komm, wir fahren nach Nìmes zu einem Telefonshop, vielleicht finden wir dort Hilfe." Als wir bei einem riesigen Supermarkt ankamen, sahen wir einen solchen Laden. „Oh du meine Güte, was wollen denn all die vielen Menschen hier?" Im Eingangsbereich stand ein junger Mann, der jeden Ankömmling nach seinen Wünschen befragte und diese notierte er gleich in seinem Tablet. Nun hiess es warten. Ich fragte nämlich vorgängig nach einem „Cadschet". Offenbar schien alle Welt zu wissen, was das denn war, ausser mir natürlich. Ja, so etwas hätten sie und er teilte uns gleich die Mietkosten dafür mit. Ich rechnete und schluckte schwer. Nun beriet ich mich mit Ruedi und wir befanden die Investition als viel zu hoch. „Komm, wir schleichen uns ganz leise davon, denn bei den vielen Wartenden spielt das kaum eine Rolle, wenn einer plötzlich fehlt.". Draussen holten wir erst mal tief Luft. Nein, so ein teures Spielzeug benötigen wir nun auch nicht. Wir vermuteten noch, dass es eventuell bei unserem Anbieter günstiger sein könnte. Kaum bogen wir um die nächste Ecke, sahen wir bereits zwei weitere „Shops", einer gehörte sogar Orange. Wir freuten uns noch, dass da weniger Leute standen, aber diese Freude war voreilig und trügerisch, denn der Laden war dreimal so gross und somit passten auch dreimal so viele Wartende da rein. Jeder Ankömmling wurde auch hier nach Wünschen befragt und dann in die richtige Ecke verwiesen und man bat zu warten. Es war gar nicht mal so schlimm. Nach recht kurzer Zeit standen wir am Empfangstisch und beklagten unser Elend, denn wir hatte eben seit dem Poststellendesaster wieder kein Internet und Telefon sowieso nicht. Eine nette junge Frau gab zu verstehen, dass sie gerne helfen würde aber damit dies möglich war hätte ich einen Code beim Hauptsitz zu beantragen. Ich versuchte zu erklären, dass ich dort immer nur auf Roboter träfe und diese seien eben nicht immer zu gebrauchen. Auch sagte ich ihr, dass, sobald ich dort anrufe und auf Wunsch des Roboters meine Telefonnummer ins Gerät eingebe, ich zur Antwort bekomme, dass ich doch schon angerufen hätte und man sich um das Problem kümmere. Die hinter der Theke stehende Angestellte: „Ja, das ist normal, denn es werden immer nur die neuesten Pannen bearbeitet und die anderen rücken im Stapel immer weiter nach hinten". Na, da kommt Freude auf. Jetzt meinte sie, dass ich dort anrufen solle. Ich versuchte ihr beizubringen, dass das nichts nütze. Manchmal ist es auch ein Segen, wenn man älter ist und etliche graue Haare vorzeigen kann, denn eine solche Erscheinung hilft oft dem Gegenüber auf die Sprünge, denn aus Mitleid tut man da so einiges. Auch heute brachten mir meine gestammelten Worte und der graue Kopf Glück. Die junge Frau nahm das Haustelefon, rief beim Anbieter an und dann sagte sie: „Aber auf die Verbindung warten müssen Sie selber." Kein Problem, bloss wusste ich, dass das nichts nützen würde, aber ich musste es zumindest versuchen. Also setzte ich mich auf einen Hocker und hielt den Hörer gespannt an mein Ohr. Musik in der Endlosschlaufe war alles, was ich denn zu hören bekam. Zum Glück habe ich mit Warten keine Probleme, denn ich konnte ja dabei die vielen Menschen beobachten. Für Ruedi war auch gesorgt, denn er konnte in dieser Zeit zig ausgestellte Handys und Tablets ansehen. Wie gesagt, sobald ich warten muss, schaue ich zu Beginn auf die Uhr, damit ich ein schlagendes Argument habe, falls es eines braucht. Während meiner Wartezeit kam mir in den Sinn, wie meine ehemalige Kosmetikerin mit ihrer kleinen Tochter verfuhr. Die junge Frau empfing ihre Kundinnen zu Hause, damit sie zugleich auch die Tochter betreuen konnte. Damit sich diese ruhig verhielt, legte die junge Mutter eine Märchenkassette in den Rekorder und das Mädchen konnte seine Geschichte hören. Die Frau gab mir noch schmunzelnd zu verstehen, dass die Kleine immer an derselben Stelle zu weinen anfange. Jetzt sass ich da wie damals die Kleine, und hörte immer den gleichen Musik-ausschnitt in der Endlosschleife. Weinen tat ich nicht, obwohl ich es langsam aber sicher gerne getan hätte. Ich durchlitt genau 20 Minuten, dann stand ich mit meinem Hörer am Ohr an der Theke und fragte: „Soll ich noch länger warten?" „Ja, gedulden Sie sich noch ein Weilchen." Gut, ich hielt ganze 35 Minuten durch, dann sagte ich: "Ich vermute, das bringt nichts, oder?" „Ich habe bereits meinen Chef befragt und wir geben Ihnen ein solches „Gadschet", denn Sie stecken ja wirklich in einer Panne". Der zu bezahlende Mietpreis war ein Zehntel dessen, was man uns vorher anbot. Fröhlich dankend verabschiedeten wir uns mit dem so unbekann-ten Ding. Zu Hause waren wir beide dann einige Zeit mir Einrich-ten beschäftigt und brachten alles eigentlich ohne grosse Mühe zum Funktionieren. Das Telefon hingegen konnten wir nicht so einfach austauschen. Also warten, und wenn wieder einmal je-mand bei den Telefonhäuschen war, ging ich sie befragen. Ach was wurden mir da für Märchen aufgetischt. Die südfranzösische Männerwelt meint oft, das weibliche Geschlecht bestünde nur aus Idiotinnen und denen könnte man jeden Mist verzapfen. Argu-mentieren und Diskutieren kann man nur mit intelligenten Men-schen, und genau diese Intelligenz fehlt oft beim Durchschnitts-bürger. Also nimmt man den verzapften Mist am besten einfach entgegen und bildet sich daraus eine brauchbarere Meinung. „Gute Frau, wissen Sie, es hatte Wasser in den Leitungen, Kabel wurden gestohlen wegen den darin eingebetteten Kupferdrähten und ähnliches mehr." Egal, man gewöhnt sich an alles, aber man muss sich zu helfen wissen und man sollte nicht gerade Super Qualität und ebensolche Leistungen verlangen. Je weniger man erwartet, desto mehr man bekommt. Der Roboter hatte mir in der Zwischenzeit schon mal einen Termin gegeben, damit ein Techni-ker unsere Hausinstallation begutachten könne und wir sollten zu Hause bleiben. Das hiess einen halben Tag warten, wer denn da kommen würde. Es kam niemand. Ein paar Wochen später ein neuer Termin vom Roboter. Kurz vor Mittag kam tatsächlich ein

Techniker, Ich war baff. Das war kein Techniker im normalen Sinn, nein, das war ein richtiger Dreckspatz. Er stank nach Schweiss, schlecht gelagerten Kleidern und war dreckig wie ein Schweinchen. Ich zeigte ihm bei unserem „Entrée" (Eingang), wo die Telefonleitungen durchgingen. Er wollte sich an der Verteildose und den Drähten zu schaffen machen. Ich wurde stinksauer und verbat mir jedes Berühren unserer internen Installation und ich sagte ihm, „Gehen Sie zu den Telefonhäuschen, denn der Fehler liegt nur dort". Natürlich hatte ich damit verloren, denn ein solcher Schmutzfink nimmt keinen Befehl von einer Frau entgegen. Also weiter warten. Es weiss der Himmel, was plötzlich beim Hauptsitz von Orange los war, denn es klingelte mein Handy und eine sehr nette und kompetente junge Frau rief mich an. –Endlich!- Ich erzählte ihr unsere Misere und sie staunte. „Ich werde mich nun um alles kümmern, denn ich lege Ihr Dossier erst aus der Hand, wenn ich von Ihnen höre, dass wieder alles einwandfrei funktioniert", sagte sie. Das war tröstlicher Balsam für mein Herz. Sie bat mich, dass ich ihr die gesamten Vorfälle und geäusserten Meinungen etc. in einer Mail zusenden solle. Also setzte ich mich wieder mal an den Computer und verfasste ein zweiseitiges Schreiben. Tatsächlich, nach knapp einer Woche hatten wir endlich wieder Internet und ein funktionierendes Telefon. Ich bedankte mich in einer Mail ganz herzlich und sandte ihr eine abgebildete Rose. Das Telefon gab kurz vor Weihnachten nochmals den Geist auf, und schon schrieb ich das erneute Elend an die junge Frau. Zwei Tage später war alles bereinigt und ich bin etwas zuversichtlicher, dass alles so bleibt wie es muss. Eine Woche später habe ich dann einen Brief der Telefongesellschaft mit Entschuldigungen erhalten, und sie schrieben, dass sich der „Maire" (Gemeindeamtmann) für seine Dorfbewohner einsetzte und man diese nun entsprechend entschädigen werde. Ich sollte also knapp 300 € Guthaben erhalten. Für einmal eine richtig gute Nachricht.

Wir gedachten nun einige Weihnachtsmärkte zu besuchen und dort unsere erarbeiteten Artikel auszustellen. Den ersten Weihnachtsmarkt hatten wir vor 20 Jahren mit unseren Freunden aus Comps besucht. Er fand in Collias statt. Ach, was war das damals für ein jämmerlicher Anblick. Wolkenloser südfranzösischer Himmel, herrlicher Sonnenschein, und in Collias standen fünf eigenwillige Tischchen mit Marmeladen, Honig, Ziegenkäse und einem riesigen Topf mit Glühwein. Dieser wurde in Wegwerfbechern verkauft. Er verdiente seinen Namen nicht, aber wir tranken dennoch einen Becher davon. Unsere Freunde waren zutiefst enttäuscht, denn sie lebten zuvor in Zürich, und da schien es ganz andere Spielregeln zu geben. Ich befand diese Ausstellung als ziemlich einfallslos, denn es wurde versucht, ohne viel Gespür etwas nachzuahmen. Vor drei Jahren nun wollten wir an unserem ersten Weihnachtsmarkt in Remoulins teilnehmen. Dieser, so hiess es, werde im Gemeindesaal abgehalten. Man müsse nur die Ware mitbringen, denn Tische seien schon dort. Wir fuhren also zum Ausstellen. Zwei grosse Säle standen zur Verfügung und waren innerhalb kurzer Zeit mit verkaufsfreudigen Ausstellern gefüllt. Bereits kamen die ersten Interessenten und die Anzahl nahm stetig zu. Aber die Passanten defilierten von einem Saal in den anderen, ähnlich wie damals vor Fidel Castros Sarg. Verkaufen tat kaum jemand etwas, aber der Passantenstrom blieb sich immer gleich, bei der einen Türe rein und bei der anderen raus, wiederum so eine Art Endlosschleife. Vor dem Haupteingang gab es Bier vom Fass und diesem sprachen die Menschen dann ziemlich lange zu. Man sah die gleichen Gesichter drei, viermal vorbeidefilieren. Bei den Ausstellern konnten die Verkäufer noch am ehesten etwas loswerden, wenn sie essbare Artikel anboten. Gut, von den anderen Sachen hätte ich jetzt auch nicht unbedingt etwas kaufen mögen, denn es handelte sich sehr oft um schrecklich schlechte Arbeiten, die eher an Kinderbasteleien erinnerten. In unserer Nähe stellte ein Ehepaar in mittleren Jahren aus. Beide waren selber nicht unbedingt mit Schönheit und Charme gesegnet. Beide trugen selbstgestrickte Mützen und verkauften eben auch solche. Ich sagte noch zu Ruedi: „Wenn ich während meiner Schulzeit ein solch schlechtes Ding fabriziert hätte, wäre ich von meiner Handarbeitslehrerin aufs Schlimmste getadelt worden, und bestimmt hätte es dafür eine ungenügende Note gegeben." Wir zumindest wurden zwei Holzarbeiten los. Damals machte ich noch keine Schürzen. Eine abwechslungsreiche Erfahrung war es alleweil und zu Hause hatten wir etwas zu lachen und zu erzählen. Zweimal wiederholten wir diese Ausstellung in Remoulins noch, allerdings konnte man bemerken, dass die Aussteller in jedem Jahr weniger wurden und wir sagten: „Nie mehr dort ausstellen!" Vor zwei Jahren meinte Ruedi: „Wir könnten doch einen Versuch in Lédenon machen, oder?" Ich zweifelte etwas, denn unser Ort zählt nur gerade 1400 Einwohner, ist also ein bisschen klein. Wir entschlossen uns dennoch, einen Versuch zu wagen. Am Tag X fuhren wir mit Holzarbeiten und Schürzen vor. Nach längerem Hin und Her platzierte man uns genau neben den Schmieden. Die Organisatorin ist, glaube ich, eine Tschechin und Mitglied des Gemeinderates. Allgemein wird sie ziemlich gelobt für ihr Wirken. Ich fragte mich nun, ob es eventuell in Tschechien üblich ist, dass Schmiede auch ausstellen, vielleicht sind das ja Glücksbringer. Ich war über den zugewiesenen Patz nicht gerade erfreut, denn schliesslich hingen meine sauber gewaschenen Schürzen in der Nähe von Feuer und Russ. Offenbar brachten aber zumindest mir die Schmiede Glück. Sie klopften und hämmerten zu Dritt den ganzen Tag und fertigten verschiedene Messer, dabei qualmte und stank es tüchtig. Bei meinen Schürzen blieb schon die erste Kundin stehen und kaufte vier Stück, denn sie habe es satt, ihre beim Kochen getragene Kleidung immer zu beflecken, jetzt müssten Schürzen vorbeugen. Wenig später kam schon die nächste Käuferin. Es war eine deutsche Dame aus dem Nachbardorf - wiederum vier Stück verkauft. Bis zum Tagesende verkaufte ich tatsächlich vier Päckchen, das heisst 16 Stück. Ich war begeistert. Mit viel Fleiss und Hingabe faltete ich jeweils die Schürzen und steckte sie sorgfältig in eine Tüte. Unser Blick fiel geradewegs zur Restaurantterrasse. Wir konnten sehen, wie unsere Kundschaft die vormals sorgfältig gefalteten Schürzen ihrem Umfeld zeigten. Positive Kommentare wurden überall geäussert, und zuletzt wurden die Schürzen in einem Knäuel in die Tüte zurückgestopft. Allerdings blies ein gar zügiger Mistral über den Markt und wir froren uns einiges ab. Die Organisatorin hatte uns zuvor mit erhobenem Zeigefinger gesagt, dass niemand den Markt vorzeitig verlassen dürfe, denn das möge sie überhaupt nicht. Wir versuchten uns an die Spielregeln zu halten, aber ich fror unendlich, obwohl ich eine dicke Weste trug. Endlich sagte ich zu Ruedi: „Mir egal, was die Organisation zu unserem Verhalten sagen wird, aber mir reicht es. Komm, wir packen zusammen!" Dies taten wir dann auch und konnten sogleich bemerken, dass es den anderen offenbar auch reichte, denn man packte zusammen. Natürlich waren wir über unseren Schürzenhandel erfreut, aber den dort eingehandelten schweren Husten hätten wir eigentlich nicht gebraucht, denn dieser hielt sich hartnäckig ein paar Wochen. Nun wollten wir einen neuen Versuch starten mit den Weihnachtsmärkten, denn die Südfranzosen schienen auf den Geschmack gekommen. In jedem noch so kleinen Ort finden mittlerweile solche Märkte statt. Ich nahm mir vor, dass wir so drei Märkte machen könnten. Für den ersten wollten wir nach Barjac fahren. Natürlich liegt nicht immer gleich alles bei uns um die Ecke, aber wir mögen es eben auch, andere Orte sehen. Wir haben ja mit unseren normalen Fahrrädern so ziemlich das ganze Departement erkundet. Damals stellte ich immer mit Hilfe von Landkarte und Google eine Tour von 60 – 80 Km zusammen. Wir luden jeweils die Räder ins Auto und fuhren zum Ausgangspunkt der Tour. Mit diesen Radtouren konnten wir ganz bequem die verschiedenen Gegenden und Orte durchfahren. Heute sind wir ruhiger geworden, auch wenn wir jetzt mit E-Bikes unterwegs sind. Wir bleiben jetzt mehr in unserer Ecke. Die Märkte, die wir nun zum Ausstellen anfahren, ermöglichen uns ein Wiedersehen mit schönen Gegenden, und wir kommen so auch so zu neuen Erfahrungen. Mit dem Auto losfahren ist und war für uns nie eine Option. Auch wenn wir unseren Sommerurlaub in Deutschland verbringen, fahren wir zum Aufenthaltsort und dann bleibt das Auto stehen, bis wir weiterfahren müssen. In der Zwischenzeit werden die Fahrräder benutzt oder bei schlechtem Wetter etwa einmal ein Regional-Zug oder ein Autobus.

Jetzt nun stand Barjac auf dem Plan. Der Weihnachtsmarkt fand an einem Samstag statt. Barjac hat knapp 1600 Einwohner und liegt ungefähr auf 150 m über Meer, teils etwas tiefer und auch etwas höher. Seine engen Gassen und Häuser entstammen der Renaissance. Wir also stellten um 06.00 Uhr unser Auto auf dem endlich zugewiesenen Platz ab und suchten schon mal ein nettes Café. Wir wurden bald fündig. Allerdings wusste man nicht so recht, war es Laden oder Café, denn es gab vielerlei zu kaufen. Unser Espresso wurde uns freundlich serviert und die georderten Hörnchen entsprachen absolut unserem Gaumen. Ich fragte nach einer Toilette, denn es ist immer nicht schlecht, wenn man vor dem Ausstellen noch eine solche aufsucht, denn nachher fehlt öfter mal die Zeit dafür. Als ich die angewiesene Türe öffnete, entschlüpfte mir ein erstauntes „Oh!" Ich vermute, bei jedem zu Hause ist der Besenschrank grösser als diese Toilette. Bauch einziehen und Türe schliessen, dann rückwärts zwei ganz kurze Schritte tun und sich auf die Schüssel plumpsen lassen. Es hatte sogar noch ein Mini-Waschbecken, damit man sich die Hände waschen konnte. In meinem ganzen Leben hatte ich noch nie eine solche Winzigkeit namens Toilette gesehen. In jedem Wohnmobil ist man deutlich grösser ausgestattet. Aber man kann nicht immer meckern, denn schliesslich gab es eine solche Vorrichtung. Was mich hier im Süden immer stört ist, dass Männlein und Weiblein im selben Raum ihre Notdurft verrichten müssen. Wenn sich die Männer auch hinsetzen würden, wäre nicht immer alles so versaut. Gut, für den Moment war dieses Kapitel abgeschlossen und

114

wir marschierten zu unserem Auto. Unser Platz stand ganz oben am Hang der abgesperrten Strasse. Wir stellten aus und ich machte drei Kreuze mit der Hoffnung, dass nicht alles oder zumindest einiges abrutschen würde. Es war wie immer, es kamen einige zögerliche Marktbesucher. Neben uns stellte eine Frau ihre Werke aus. Sie hatte den grössten Zulauf, aber auch die exklusivste Ware. Wir kamen mit ihr ins Gespräch, als ich staunend ihre Artikel anschaute. Ich wollte wissen, wie sie die denn herstelle, denn sie verkaufte fast nur Pianos in Papierform. Also diese Fertigung, erklärte sie mir, entstehe aus gebundenen Büchern die sie entweder gratis oder beim Brockenhaus bekomme. Sie habe Muster, und bei denen steht, wie viele Zentimeter sie denn von jeder Seite abschneiden müsse, damit ein Bild entstand. Das Ganze ist ähnlich zu verstehen wie ein Kochrezept oder ein Strickmuster. Es sah wirklich edel und schön aus. Sie erzählte auch, dass sie in Barjac selber ein Atelier habe. Die verkauften Pianos schlug sie geschickt in Klarsichtfolie ein und befestigte eine festliche Schleife daran, fertig. Ruedi und ich schmunzelten etwas und fragten uns, ob die Beschenkten sich wirklich daran freuen würden. Vermutlich schon. Wir hofften noch, dass nicht gerade alle aus der gleichen Familie kamen. Auf der rechten Seite hatten wir jüngere Frauen, die Marmeladen aus den Cevennen anboten. Ab und zu wechselte ein Töpfchen den Besitzer. Die Standinhaberin blieb bei ihrem Stand, dieweil die Töchter von dannen zogen. Ich kam mit dieser Frau ins Gespräch. Sie war sehr enttäuscht über den flauen Verkauf. Sie meinte, dass es immer schwierig sei, wenn man von ausserhalb zum Ausstellen komme, denn es würden einem dann die Beziehungen, sprich das Netzwerk fehlen. Bei uns war auch nicht gerade ein Gedränge. Ein hölzernes Objekt und ein Schürzenpäckchen brachten wir doch noch los. Der Organisator dieses Marktes gab sich eine Heidenmühe und sprach fast pausenlos ins Mikrofon, um auf dies und das hinzuweisen. Dazwischen schallten Weihnachtslieder in schlechter Musikqualität über den Platz. Nach einiger Zeit fragte mich Ruedi: „Du, gibt es in Frankreich keine eigenen Weihnachtslieder, denn wir hören nur solche in Englisch." Natürlich gibt es die, bloss meinen die, dass solche in Englisch moderner sind. Als wir zum fünfzigsten Mal hören mussten: „„"let it snow, let it snow" (lass es schneien!) musste ich lauthals lachen und sagte zur Ruedi: „Was würden die wohl alle machen, wenn es tatsächlich zu schneien anfinge, denn man spottet hier ja immer, dass ein Südfranzose bei drei Schneeflocken schon in Panik gerät." Aber sie baten den ganzen Tag vergebens um Schnee. Wenn die örtliche Blasmusik ihren Auftritt hatte, lief das Band durch den Lautsprecher weiter, es war kaum zum Zuhören. Am frühen Nachmittag packten wir unser Zeug zusammen und machten uns fröhlich auf den Heimweg. Wir frotzelten noch lange über den Schneewunsch von Barjac. Nach unserer Heimkehr rief mich Laure an und fragte, ob wir an einem Samstagabend zum Nachtessen kommen würden. Ich sagte freudig zu, schob aber noch dazwischen, dass wir an selbigem Tag ausstellen würden. „Kein Problem, kommen Sie einfach irgendwann ab 19.00 Uhr." Wieder schmunzelte ich, denn eine so vage, zeitliche Einladung war für uns neu. Etwas später sah Ruedi François vorbeimarschieren und dieser teilte ihm ebenfalls lachend mit, dass es dann am Samstag X etwas zu futtern gebe. Wir freuten uns wie Schneekönige und fragten uns noch, ob es denn wohl klappe mir der Einladung, oder ob man uns eventuell auch vor verschlossener Türe stehen lassen werde. Wieder an einem Samstag war der Weihnachtsmarkt von „Bernis" auf dem Programm. Dort sollten sogar aufgespannte Zelte auf uns warten. Die Tische allerdings, so hiess es, müssten wir selber beibringen. „Bernis" liegt ungefähr 50 m über Meer und hat 3400 Einwohner. Es heisst, dass die romanische Kirche „Saint André" aus dem 12. und 13. Jahrhundert stamme und zum historischen Denkmal erklärt wurde. Wir ahnten, dass es ein gepflegter, schöner Ort sein werde. Den Markt zu finden war etwas schwierig, denn es hiess, diese Strasse ist auf dieser Seite gesperrt, sie müssen also von der anderen Seite anfahren. Solche Widerwärtigkeiten stressen mich immer ziemlich, denn in einem fremden Ort kennt man sich nicht aus und das Navi weiss von den kurzfristig gemachten Änderungen eben auch nichts. Irgendwie fanden wir dann doch noch den richtigen Zufahrtsweg. Tatsächlich standen da schneeweisse Zelte in Reih und Glied und man musste nun versuchen, das Auto irgendwie dazwischen zu bekommen. Ruedi ist immer noch super fürs Einparken und unser Fiat stand schon wenig später an dem zugewiesenen Platz. Es hatte ungefähr 20 Aussteller. Unsere Schürzen standen bald neben dem Tisch mit den Holzarbeiten. Es konnte also der Markt beginnen. Das Ausgestellte war wie überall, mal etwas besser, mal etwas schlechter gearbeitet. Hinter einem kleineren Parkplatz lag auch die Bar des Ortes. Wir genehmigten uns also dort unseren Kaffee, denn wir hatten guten Blick zu unserer ausgestellten Ware und die Kunden lagen mehrheitlich noch zu Hause in ihren Betten. Gut gestärkt setzten wir uns wenig später hinter unseren Stand und harrten der Dinge, die da kommen sollten. Gegenüber von uns stellten zwei Frauen etwa in unserem Alter aus. Jede hatte sich ein Elchgeweih aus Plüsch auf ihren zerfurchten Kopf gesetzt. „Ruedi, wie sieht das doch scheusslich aus. Wenn ich mir so ein Ding auf den Kopf setzen sollte, dann würde ich jeden Markt sausen lassen." Natürlich fand Ruedi das Ganze eher lustig als schrecklich. Jetzt machte er sich auf, um den Ort zu erkunden. Ich konnte in dieser Zeit völlig entspannt die Aussteller anschauen und ebenso die nächstliegenden Ausstellungsartikel. Die beiden Elchgeweih-Frauen stapelten allerlei Handarbeiten von hässlich bis schrill und schräg. Sie hatten gestrickte Hundemäntelchen ausgestellt und Kleinmädchenkleidchen aus Tüll in Zitronengelb und Rosa. Sie hängten und stapelten von links nach rechts und wieder zurück. Links von uns verkaufte eine Frau Adventskränze, die hatten etwas mehr Stil. Ein anderer hatte winzige Häuschen ausgestellt, die weihnachtlich verziert und beleuchtet waren. Rechts von uns stapelte einer verschiedene Backwaren. Er bot einen gewöhnungsbedürftigen Anblick, denn mit seinen ungepflegten, langen Kraushaarsträhnen und dem etwas schmuddeligen, dunklen Winterpulli war er nicht gerade der Traumverkäufer für selbstgemachtes Backwerk. Ich fragte mich auch, wie es denn mit der Sauberkeit bei der Herstellung wohl so ausgesehen hatte und wie lange im Voraus fing er mit seiner Fabrikation wohl an. Für meinen Geschmack war das nichts, aber zum Glück gibt es ja noch Menschen, die nicht sehr hohe Ansprüche stellen an Hygiene. Jetzt kam Bewegung ins Ganze. Eine kleine Blasmusik, bestehend aus je zwei Frauen und zwei Männern und einem etwa zwölfjährigen Jungen, der sich ein kleines Schlagzeug vorgeschnallt hatte, marschierte musizierend an den Ständen vorbei. Diese Musikanten hatten meine volle Aufmerksamkeit, denn sie spielten richtig schmissige Klänge. Die Musik schoss einem direkt in die Beine und man musste an sich halten, um nicht sofort das Tanzbein zu schwingen. Sie blieben zum Glück gleich vor unserem Stand stehen und musizierten zwei, drei Stücke durch, dann kehrten sie um und zogen weiter. Diese Runden drehten sie noch drei-, viermal und es war wirklich ein Genuss ihnen zuzuhören. Es war kalt und die Aussteller bibberten vor sich hin. Der Schlagzeug-Junge war da offenbar anders geartet, denn schon bald konnte ich ihn im kurzärmeligen T-Shirt spielen sehen. Bei diesem Anblick wünschte ich mir gleich noch eine zusätzliche Jacke. Verkauft wurde überall nicht sehr viel. Von einigen Ausstellern konnte ich verschiedentlich hören, dass man vor ein paar Jahren wirklich gut verkaufen konnte, aber heute? Ich nehme an, dass dies eine Zeiterscheinung ist, denn die meisten sind einfach übersättigt und haben mehr als genug von allem. Zudem höre ich immer wieder, dass die kleinen Kinder Spielsachen wünschen und die sollten möglichst blinken und lärmen. Die etwas älteren Kinder möchten einfach nur Bares, denn damit könnten sie sich das kaufen, was ihnen denn beliebt. Die Erwachsenen betonen immer wieder, dass man das Schenken zu Festtagen abschaffte, denn man hätte ja alles und irgend so ein Staubfänger müsse es denn auch nicht sein. Wie gesagt, Märkte sind fast wie Lottospielen. Man macht mit in der Hoffnung, auch einmal zu gewinnen. Eine sehr hübsche, junge Frau schaute sich meine Schürzen an. „Oh, die sind wunderschön. Ich nähe zwar selber auch ganz gerne, aber im Moment fehlt mir zum Nähen ein bisschen die Zeit." Sie suchte sich vier Stück aus und ich erzähle ihr dies und das. Ich merkte an, dass dies klassisch gefertigte Schürzen seien, die man noch in alten Filmen gesehen habe. Diese Bemerkung schnappte ich nämlich einmal von zwei jungen Mädchen auf, die mir meine Schürzen so erklärten. Nun verwende ich diesen Satz, denn ich konnte bemerken, dass er den Frauen ganz gut gefällt. Auch sagte ich der jungen Frau, dass die Schürzen frisch gewaschen und gebügelt seien, denn ich würde halt mit Bleistift die Masse darauf anzeichnen. Auch diesen Satz hatte ich zuvor nicht so gesagt. Aber einmal, als wir in Bagnols ausstellten, leierte ich meinen Vers von frisch gewaschen und gebügelt runter und da schaute mich eine Kundin mit grossen Augen an und fragte:" „Ja wurden die Schürzen schon getragen?" „Nein, natürlich nicht, es ist halt nur wegen den Bleistiftmarkierungen." Darum erklärte ich dies jetzt auch der jungen Frau. „Haben Sie denn keine Kreiden?" „Nein, denn ich finde, dass ich mit dem Bleistift präziser arbeiten kann." „Ja, das stimmt wohl, aber wissen Sie was, ich habe eine ganze Kiste voller Kreiden, ich bringe Ihnen nachher eine vorbei." Kurz vor Mittag stand die hübsche Frau wieder an meinem Stand und übereichte mir ein kleines, weisses, durchsichtiges Säckchen mit einer hellgelben und einer hellgrünen Kreide drin. Ich freute mich riesig über das kleine Geschenk. Später habe ich es dann mit der Kreide versucht, aber es überzeugte mich nicht, der Bleistiftstrich ist halt präziser. Die Kreiden bedeuten mir aber trotzdem viel, denn es sind sozusagen meine Glücksbringer. Endlich war es Abend und wir räumten zusammen, denn hier traute sich für einmal niemand eher nach Hause zu fahren, denn die verwaisten Zelte hätten sonst zu traurig dagestanden. Am Morgen war eine Kundin gekommen und hatte sich gleich eine schöne Obstschale von Ruedi gekauft. Ich bin stets überaus glücklich, wenn wir als erstes etwas aus Holz verkaufen, denn Ruedi arbeitet immer mit so viel Freude und Leidenschaft an seinen Werken, dass er es mehr als verdient, wenn sich jemand dann so ein Teil ersteht. Wir haben seit einiger Zeit bei uns zu Hause alle Artikel auf Tischen so ausgestellt wie jeweils beim Markt. Wir haben ja öfter mal Besuch. Wenn sich dann unsere Besucher ganz interessiert dem Ausgestellten zuwenden und sich sogar etwas kaufen, könnte ich vor lauter Freude in die Luft springen. Es werden Schürzen gekauft, die dann in der Schweiz oder in Frankreich weitergeschenkt werden und manchmal erzählt man mir etwas später, dass sich die Beschenkten sehr darüber freuten. Es gilt eben auch hier, geteilte Freude ist doppelte Freude.

Einmal, als Danielle zum Kaffeetrinken vorbeischaute, kaufte sie ebenfalls ein Schürzenpaket für sich und ihre Tochter. Anbei erzählte sie mir, dass die Tochter Lehrerin sei und sie würde sich eine spezielle Halbschürze wünschen mit möglichst vielen aufgenähten Taschen, denn sie hätte einmal eine solche von einer Kollegin ausgeliehen bekommen. Ich hatte eine ungefähre Ahnung was man sich denn wünschte, aber ich konnte mir gar nicht vorstellen, dass die heutigen modernen Lehrerinnen so etwas anziehen würden. Na gut, man hat ja Google mit allen nur erdenklichen Antworten. Ich schaute mich daher mal da um, wie und was man sich denn unter solchen Schürzen vorstellte. Natürlich hatte es dort nebst verschiedenen Modellen auch entsprechende Kommentare. Ich konnte also da lesen, dass eine Lehrerin schrieb: „Ich bin eingeknickt, denn ich hatte es satt, immer wieder zu meinem Pult zu laufen, um einen Stift oder ein Blatt und ähnliches zu holen. Jetzt habe ich mir eine Schürze mit vielen Taschen gekauft, und ich kann sie nur empfehlen, denn das ist wirklich ein superpraktisches Ding." Na gut, wenn das so ist. Also schnitt ich schon mal einen Prototyp und heftete ihn mit Stecknadeln zusammen. Jetzt rief ich Danielle an, damit sie ihre Meinung dazu geben konnte. Grundsätzlich war sie einverstanden ausser, dass die Schürze etwas länger sein sollte. Ich machte mich gleich ans Werk.

Als ich vier verschiedenfarbige Schulschürzen gefertigt hatte, kam Danielle und kaufte gleich alle vier. „Sie könnten doch Ihr Angebot mit Schulschürzen erweitern." Warum eigentlich nicht. Jetzt nähte ich acht Stück und nahm sie bei Gelegenheit mit. Die Nachfrage schien nicht gross. Aber ich tröste mich immer mit dem einfachen Satz: „Die fressen ja kein Heu." Also gibt es auch kein Problem, um auf eine künftige Käuferin zu warten. Unsere Schwiegertochter brachte mich auf eine andere Idee. Sie erzählte, dass sie bei einer Kollegin eine Schürze für Wäscheklammern gesehen hätte und das sei so etwas von praktisch gewesen. Ich überlegte und musste mir eingestehen, dass ich bis jetzt nur zu faul war, um mir so ein Ding zu machen. Jedes Mal, wenn ich Wäsche aufhängte, ärgerte ich mich nämlich über meine unpraktische Vorrichtung. Ich hatte mal so ein Körbchen bekommen, welches man an der Wäscheleine einhängen konnte. Allerdings löste sich das Körbchen in seine Einzelteile auf und ich ersetzte es durch einen Sack. Da man mit den Jahren immer etwas kleiner wird, kam ich mittlerweile gar nicht mehr gut in den Sack, um die Klammern zu entnehmen. Die Schwiegertochter hatte den Grundstein gelegt, damit ich meine Faulheit überwinden konnte. Ich nähte für mich einen Prototyp für die Wäscheklammern. Tatsächlich ging mir das Auf- und Abhängen jetzt deutlich leichter von der Hand, denn ich konnte die Schürze ja nun umbinden und musste nicht zig unnötige Schritte machen. Jetzt fertigte ich zum Geburtstag für meine Schwiegertochter ebenfalls so ein Stück. Ich war auf ihre Reaktion gespannt. Als sie mich anrief und meinte, dass das genau das sei, was sie sich vorgestellt habe, war ich mehr als zufrieden und erweiterte mein Angebot um ein halbes Dutzend Wäscheklammern-Schürzen.

Jetzt wollten wir in diesem Jahr den letzten Weihnachtsmarkt besuchen. Wir fuhren also nach Collias. Dies ist ein kleines Dorf mit knapp 1100 Einwohnern. Es liegt am Gardon und zwar auf einer Höhe zwischen 20 und 200 Meter über Meer. Die Touristen mögen diesen Ort sehr. Im Sommer bekommt man kaum einen freien Parkplatz. Viele Menschen gehen sich dort am nahen Fluss sonnen oder baden. Wenn man dem Gardon weiter nach oben folgt, sieht man ebenfalls viele Kletterer, die sich an den zerklüfteten Felsen erproben. Es hat ungefähr vier Unternehmen, die Kanufahrten nach Remoulins anbieten. Wir sind mit den Kindern früher auch dort zum Baden gefahren. Mit unseren Fahrrädern durchfuhren wir den kleinen Ort fast einmal die Woche, denn es geht danach ziemlich genau sechs Kilometer den Berg hoch. Die Steigung liegt im Schnitt bei sechs Prozent, also keine riesige Herausforderung, und doch lieben die Radfahrer diesen kleinen Pass. Ich hatte uns nun hier zum Ausstellen angemeldet. Es hatte mir ein junger Mann am Telefon geantwortet. Das Erstaunliche an ihm war sein Vorname, denn er heisse Thomas und zwar mit „H" geschrieben, wie er mir erklärte. Der kleine Nachbarsjunge bei uns heisst ebenfalls Tomas, aber halt ohne „H" wie eigentlich hier üblich. Am Samstagmorgen um sechs Uhr standen wir dort und es hiess: „Das ist Ihr Platz." Wir schlossen unser Auto ab, marschierten zur Bäckerei, wo es herrliche Croissants gab und bestellten dazu unseren obligaten Espresso. Nach einer halben Stunde kamen wir gut gestärkt zu unserem Auto zurück und da gab es tüchtig Ramba Zamba. Ein Aussteller hatte seine Tische und Kisten rund um uns herum verteilt. Er war nicht gewillt einen Millimeter abzurücken. Ruedi regte sich auf und ich hatte keine Lust, mich mit einem solchen Depp zu streiten, denn er führte sich lautstark so auf, als würde ihm das Dorf gehören. Also holte ich den Thomas mit H. Er bat mich nun, mich näher an die Strasse zu stellen, denn sie würden etwas später dort Absperrgitter hinstellen, so dass keine Autos mehr durchfahren würden. Ich war sehr zufrieden, denn jetzt standen wir an erster Stelle, und da wir ja immer gerne früher nach Hause fahren, war uns dies auch problemlos möglich. Der lärmende Nachbar fing nun mit Ausstellen an und machte sich zwischendurch immer lautstark bemerkbar. Solche Typen findet man bei jedem Markt. Sie bekommen zwar zu Beginn etwas Aufmerksamkeit, aber die dauert meistens nicht so lange, denn jeder bemerkt bald einmal, dass dies nur ein Hohlkopf ist. Als wir sein Ausgestelltes sahen, staunten wir doch tüchtig, denn er hatte einfach von kleineren Baumstämmchen Rondellen abgesägt und darauf waren mit einem Brenneisen Pferdeköpfe gebrannt. Diese Teile verkaufte er für sagenhafte 24 € das Stück. Also auch hier, viel Lärm um nichts. Es ist noch zu sagen, dass er nichts verkaufte, für einmal siegte die Gerechtigkeit. Gerade spazierte ein gepflegter Herr mit seinem Hund vorbei. Er riskierte einen längeren Blick zu unserer Ware und meinte: „Ich komme gleich wieder." Ich dachte schon, dass es sich wie so oft, um die sprichwörtliche Ausrede handelte. Nach einer guten halben Stunde steht dieser Herr wieder vor unserem Tisch. „Ich hätte gerne drei Stück von Ihren Schulschürzen, bitte." Mir blieb fast der Mund offen stehen. Er erklärte: „Ich habe drei Töchter und alle drei sind Lehrerinnen." Nun fragte ich, wo sie denn unterrichten würden. „In Paris." „Wir sind nach unserer Pensionierung von Paris nach Collias gezogen, und jetzt werden uns die Töchter zu Weihnachten besuchen kommen. Ja, da kam Freude auf. Gegenüber von uns stellte der Verein für wilde Katzen aus. Eine der Ausstellerinnen näherte sich unserem Stand und erwarb eine Wäscheklammern-Schürze, denn das wäre etwas Praktisches. Die Lehrerinnen- und die Wäscheklammern Schürzen hatte ich nämlich mit einem Etikett versehen, worauf zu lesen war, wofür diese Artikel denn gedacht waren. Jetzt konnte ich bemerken, wie man reihum die Köpfe reckte, denn auf dem ganzen Platz hatte niemand sonst etwas verkauft bis jetzt. Es gab noch einen zweiten Platz, wo es mehrheitlich Lebensmittel zu kaufen gab. Zum Beispiel stand dort auch ein kleiner Lastwagen mit einer Unmenge Trockenwürsten, eine hiesige Spezialität. Es war ein Riesenhaufen, der dort auf Käufer wartete. Oder es gab eine Frau, die Marmelade anbot, mit oder ohne beigesetzten Alkohol. Wenn ich manchmal sehen kann, dass man gerade bei Marmelade nicht einmal einen ordentlichen Deckel verwendet, oder dass jedes Glas eine andere Form oder Grösse hat, dann fange ich an, an der Seriosität der Verkäufer zu zweifeln. Nun standen bei uns schon wieder Kundinnen an und sie benötigten Schürzen. Eine anwesende Frau meinte: „Meine Schürzen dürfen nicht zu hell sein, denn mir gehört die „Crêperie" (Pfannkuchen- Verkauf). Ich arbeite mit Fett und das gibt immer Flecken, also alles möglichst dunkel." Sie wurde fündig. Ruedi und ich machten aus, dass wir, sobald es wärmer würde, mit unseren Fahrrädern dort vorbeischauen werden. Gar zu gerne möchte ich wissen, ob sie die Schürzen auch trägt. In der Mitte des Lebensmittelplatzes hatte es ein grosses Zeltdach und darunter stand eine Theke. Es wurden Getränke verkauft und Würste gebraten. Ruedi hatte bemerken können, dass man dort auch Glühwein erwerben konnte. Natürlich traute er sich nicht, einen Becher davon zu erstehen. Also ging ich wenig später, um einen solchen zu holen, denn so konnte ich mir die ausgestellte Ware im Vorbeilaufen auch schnell ansehen. Offenbar hat der Glühweinverkauf noch immer Tradition in Collias, denn sonst hatten wir bei keinem Weihnachtsmarkt solchen zu kaufen bekommen. Bei diesen Märkten fehlt die vorweihnächtliche Stimmung. Denn bereits beim Wetter fehlt diese. Schnee gibt es ja hier selten und bei einem herrlich blauen Himmel und strahlendem Sonnenschein kommt eben keine Feierlichkeit auf. Die Aussteller versuchen jeweils mit ein paar bunten Kugeln und eventuell noch etwas Lametta ein Zeichen für Weihnachten zu setzen. Die Kunden sind wenig kauffreudig, denn anstatt durch Feld und Wald zu streifen, promeniert man mit Kindern und Hund über den Markt. Wer nichts von beidem bei sich hat, stellt sich in der nahen Bar oder unter dem Zelt an die Theke. Es wird fleissig und engagiert diskutiert und man spricht vor allem den angebotenen Getränken zu. Auch wenn dies keine Weihnachtsmärkte im üblichen Sinne sind, macht es dennoch Spass, denn man bekommt einiges für die Augen geboten. Die meisten Aussteller fahren enttäuscht nah Hause, um halt im nächsten Jahr wieder da zu stehen und zu hoffen. Es ist eben wie beim Lotto-spielen. Wir sagen uns immer, dass wir so zumindest etwas ande-res zu sehen bekommen und dadurch Farbe in unseren Alltag kommt. Die Spesen werden aus der Haushaltskasse berappt und die Einnahmen kommen in den Ferien-Topf. Ruedi sagte schon öfter, dass wir ja sonst nicht einfach irgendwohin fahren würden, also besuchen wir halt diverse Märkte. Man kann ruhig sagen, dass es ein Hobby ist, eine Freizeitbeschäftigung für ältere Hasen. Aber heute war das Nachhause kommen noch viel schöner, denn uns erwartete ja das Nachtessen bei Laure und François, welchem wir mit grosser Spannung entgegensahen. Also schnell das Auto entladen, duschen und umziehen. Wir waren startklar. Eine gute Flasche Wein und ein Säckchen mit erstanden Weihnachtskeksen begleiteten uns. Wir wurden fröhlich begrüsst und mussten also nicht vor verschlossener Türe warten. François zeigte uns das ganze Haus vom Keller bis zum Dachboden und erklärte auch, dass er gerne selber etwas bastle und zwar vor allem mit Holz. Er hatte kleinere Verbesserungen vorgenommen und dies noch ganz geschickt, wie Ruedi bemerkte. Jetzt setzte man sich in die warme Stube und genoss einen Apéro mit herrlichen Schnittchen. Man erzählte ganz entspannt einiges aus dem gegenseitigen Alltag. Wir wurden nun zu Tisch gebeten. Es gebe ein Raclette, vermel-dete Laure, denn das sei immer ein gemütliches Beisammensein und Essen. Auf dem Tisch stand ein zweistöckiger Ofen mit Glas-platten, die unwahrscheinlich schnell den Käse schmelzen liessen. Wir hatten noch nie einen solchen im Handel gesehen. François erklärte uns, dass es ein wahres Designer-Teil sei und man ihn nur kurze Zeit kaufen konnte. Obendrauf lag eine Platte mit schnee-weissen Kartoffeln, denn sie waren vorgängig bereits geschält worden. Ich staunte noch, denn so weisse Kartoffeln bekam ich beim Kochen noch nie hin. Die Franzosen essen ja zum Raclette immer noch Fleisch und Wurst. Laure hatte beim Metzger einge-kauft, nicht etwa im Supermarkt. Sie legte nun von allem ein

Stück in meinen Teller. Bei Ruedi wurde dies durch François erledigt. Als ich den Fleischberg in meinem Teller sah, fragte ich mich, wie ich da noch zusätzlich Käse essen sollte. Denn auch von diesem stand eine kleine Platte zwischen unseren Tellern und es hiess, der ist nur für sie. Zum Glück hatten wir heute noch kaum was gegessen, ansonsten wären wir dem Vorgesetzten nicht Meister geworden. Ich fand es sehr schön, dass man sich nicht zierte ein Raclette vorzusetzen, Ich denke, einige Menschen würden alles Mögliche anbieten, aber sicher nicht gerade ein Raclette, denn das zählen wir Schweizer eigentlich zu unseren Spezialitäten. Dazu wurde ein süffiger Weisswein serviert. Wir genossen das Essen sehr und die Gespräche fast noch mehr. Die beiden sind, wie schon gesagt, äusserst wohlerzogen und sehr nett. Wir amüsierten uns prächtig. Das vorgesetzte Fleisch war nicht etwa in hauchdünne Scheiben geschnitten, nein, es gab recht dicke Scheiben davon. Man konnte ja nicht nur eine Scheibe Schinken haben, nein es hiess: „Dies und das müssen Sie doch auch dazu nehmen", Darum war der Teller dann auch so gut gefüllt. „Jetzt gibt es noch Nachtisch", schmunzelte François. Ich stöhnte bereits laut auf und sagte: „Da muss ich passen." „Nein, nein, das ist nur halb so schlimm, so eine Mandarine oder ein paar Litschis passen da schon noch dazu." Zum Glück gab es nur etwas Obst, denn da musste man sich kaum beteiligen. Zum Schluss wurde mit einem Espresso und einem Schnaps das Mahl beendet. Ich staunte noch über die zierlichen Schnapsgläser. Sie hatten die Grösse eines Fingerhutes und standen auf einem Stiel mit Füsschen. Auch hier musste ich gestehen, dass ich noch nie so hübsche, winzige Gläser gesehen hatte. Bei Gelegenheit will ich François fragen, wo man denn solch niedliche Gläser findet. Wir wurden bewirtet und behandelt, als wären wir Könige, es war eine umwerfende Erfahrung. Kurz vor Mitternacht traten wir die fünfzig Meter Heimweg an. Wir schwärmten und taten dies noch lange weiter über die wunderbare Einladung. Bei Gelegenheit würden wir wieder einmal Gegenrecht halten. Ruedi befand die beiden ebenfalls als sehr nett und er schwärmte sogar, dass Laure wunderschöne, dunkelbraune Augen hätte. Solche Bemerkungen höre ich sonst nie von ihm.

Ja, wenn man auf 25 Jahre zurückblicken kann und somit die Silberhochzeit feiert, konnte man in dieser doch schönen und langen Zeit viele Erfahrungen machen. Die erfreulichen überwiegen natürlich, auch wenn man dazu neigt, am Negativen kleben zu bleiben. Ich fragte Ruedi schon mehrmals: „Würdest du das gleiche nochmals machen?" Er: „Vermutlich schon, denn ich wüsste nicht, was ich anderes hätte machen sollen." Ich für meinen Teil bin glücklich und zufrieden, wie es ist. Auch bin ich sicher, dass, wenn wir in der Schweiz geblieben wären, unser Alltag niemals so spannend, abwechslungsreich und arbeitsintensiv gewesen wäre. Wir haben hier sehr viele überaus nette Menschen kennengelernt. Wir haben viele Freunde aus der Schweiz, aber auch aus Frankreich gefunden und ich denke, dass dies der grösste Schatz ist, den man in seinem Leben bekommen kann. Natürlich gehören auch einige Widerwärtigkeiten dazu, denn ansonsten wüsste man die glücklichen Stunden nicht zu schätzen und zu würdigen. Gerade letzthin trafen wir, natürlich bei einem Markt, wie könnte es auch anders sein, einen jungen Holländer mit seinem kleinen Sohn. Sie wurden begleitet vom grossen Bruder und der Schwägerin, denn die beiden waren gerade zu Besuch. Wir kamen mit dem jungen Vater ins Gespräch. Er lebt schon seit mehreren Jahren hier. Er hat ein kleines Gartenbaugeschäft, das heisst, es ist mehrheitlich ein Einmann-Betrieb. Ich unterhielt mich mit ihm in Französisch, oder zum besseren Verständnis für die anderen sprach er Holländisch, was ja dem Schweizerdeutschen recht ähnlich ist. Er sagte zu mir: „Es gefällt mir hier sehr gut. Das Klima ist wunderbar und die Landschaft einfach super schön, aber", und er fing an ganz leise zu sprechen, „die Südfranzosen sind einfach falsche Menschen." Leider musste ich ihm beipflichten, sie sind nicht nur falsch, sondern extrem unzuverlässig. Unsre Freunde kommen alle von ausserhalb des Südens. Er sagte aber auch: „Ich kann mir zwar nicht vorstellen, wieder in den Niederlanden zu leben, denn da hat es zu viele Menschen und es ist viel zu dicht besiedelt." Mit diesem Satz hat er mir aus der Seele gesprochen, denn auch wenn ich an die Schweiz denke geht es mir genauso. Freilich sind wir nach wie vor am Geschehen der Schweiz interessiert, aber es ist für uns keine Option, um wieder dort zu leben. Der Holländer meinte noch: "Hier hat man etwas mehr Spielraum und einiges geht schwarz und unter der Hand durch, das mag ich sehr. Allerdings stört mich ebenfalls sehr, dass die Leute sehr unordentlich und nicht so sauber sind." Da muss ich ihm wieder rechtgeben. Letztendlich ist es ein Abwägen. Hier wird auch an einem Sonntag der Rasen gemäht oder das Holz kleingehackt und wenn man mal Besuch hat, darf auch noch spätabends laut gelacht werden. Wie schon gesagt, für mich stimmt die Geschichte, denn ich möchte nirgends anderswo sein. Falls jemand sich die Frage stellt, ob er denn auswandern soll oder nicht, würde ich immer wieder sagen: „Ja, tut es, denn bei uns hat es auch funktioniert."

Wer uns gerne kennenlernen möchte ist herzlich willkommen. Auch kann man Holzarbeiten oder Schürzen bei uns bestellen.

Mail-Adresse: vr.aeschbacher@hotmail.com

DANKE

Herzlichen Dank an Frau Erika Kühn, D-Klosterfelde und Frau Dr. Elisabeth Steiner, F-Lussan.

Das Korrigieren und Gegenlesen ist fast wichtiger als das Schreiben selbst.

Viel Spass beim Lesen.

Zeitfracht Medien GmbH
Ferdinand-Jühlke-Straße 7
99095 Erfurt, Deutschland
produktsicherheit@kolibri360.de